每天读一点 爱上阅读 享爱阅读

复仇的母海象

Fu Chou De Mu Hai Xiang

【加】查尔斯·罗伯茨/著

山东城市出版传媒集团·济南出版社

图书在版编目（CIP）数据

复仇的母海象／（加）查尔斯·罗伯茨著；王春玲
改编. —济南：济南出版社，2020.6(2022.6 重印)
（每天读一点. 世界动物文学名著. Ⅴ）
ISBN 978 - 7 - 5488 - 4316 - 0

Ⅰ.①复…　Ⅱ.①查…　②王…　Ⅲ.①儿童故事
—作品集—加拿大—现代　Ⅳ.①I711.85

中国版本图书馆 CIP 数据核字(2020)第 098887 号

出 版 人　崔　刚
责任编辑　张伟卿　姚晓亮　肖　震
装帧设计　张　倩
出版发行　济南出版社
地　　址　山东省济南市二环南路 1 号(250002)
编辑热线　0531 - 86131741
发行热线　0531 - 67817923　86922073　68810229
印　　刷　山东省东营市新华印刷厂
版　　次　2020 年 6 月第 1 版
印　　次　2022 年 6 月第 2 次印刷
成品尺寸　148 mm×210 mm　32 开
印　　张　7.375
字　　数　113 千
印　　数　3001—8000 册
定　　价　29.80 元

(济南版图书,如有印装错误,请与出版社联系调换。联系电话:
0531 - 86131736)

【特别推荐】

向生命致敬

　　查尔斯·罗伯茨是加拿大现实主义动物文学的主要奠基人之一，他创造了"动物文学"这一术语，在 40 多年的创作生涯中，他运用现实主义手法，广采民间关于动物的寓言和传说，结合自己对野生和驯养动物细致入微的观察，共创作了 250 多篇动物故事。罗伯茨的写实动物故事着力探索了人与动物及自然之间的关系，开阔了人类的眼界和思维，影响着人类的认识和思想。

　　《复仇的母海象》是一部动物文学的经典之作，包括《复仇的母海象》《偷幼豹的代价》《黑暗中身有双翼的猎手》《天然的母爱》《储备食物的能手》《北方的召唤》

《冬夜历险》《屡遭骚扰的"一家之主"》《山中无野兔》9个故事，分别讲述了海象、黑豹、猫头鹰、海狗等动物的故事。本书表现了动物勇敢向上的品格，它们同样是地球上高贵的生命。查尔斯·罗伯茨笔下的动物世界是一个体现动物情感、价值和生命意义的世界，以动物的视角给人类以感动和反思。

本书流露的情感真实自然，将我们带入动物们丰富多彩的世界，了解它们内心的坚强和柔软。一段段富于传奇色彩的野性故事，每个野性的生命都是一段不朽的传奇。其中，离开出生地的白熊，虽然过着看似优越的生活，却因为过度思念故乡而死；生性机警的母驼鹿，目睹猎人用枪打死了狼，依然不肯离开，只因为它的孩子在那里；猫头鹰虽然生性凶残，对自己的配偶和孩子却充满柔情；母海象为救孩子奋不顾身；母豹机智勇敢；大海狗百折不挠……这些故事都令人感动不已。

通过阅读这本书，我们能够理解动物的情感生活和丰富的个性，了解动物的生活习性和丛林遭遇，会由衷地感叹动物英雄的高贵品质。我们和动物共同拥有一个地球，动物也有为了追求更美好的生活而奋斗的权利。当然，书中不乏动物间为求得生存而展开激战的描写，从中我们也更能体会到生存的不易和生命的可贵，从而更加热爱生命。

　　通过阅读这本书，我们能获得独特的阅读体验。随着城市的发展和经济的进步，人类与森林原野似乎已经隔得太远。关于野生动物的作品，能够展现出一个崭新而开阔的世界，让我们深深地喜欢上那些可爱的动物，甚至会为动物的勇敢暗暗鼓掌，会因动物的不幸而泪流满面。

　　让我们一起用心去读有趣的动物故事，了解和体验动物机智勇敢、不屈不挠的高贵品质，向生命致敬，也让我们今后的人生更加丰富多彩。

目　录

复仇的母海象

偷幼豹的代价

黑暗中身有双翼的猎手

天然的母爱

储备食物的能手

 **北方的召唤**

冬夜历险

屡遭骚扰的"一家之主"

复仇的母海象

第一章　惬意的海象

海象们有的舒服地躺在地上，有的在相互打闹，用头顶一顶对方，或者挥动前肢，不停地触摸对方滑溜溜的身体……

故事发生在北极，正是春潮涌动、生机盎然的时候。

在一堵巨大的冰墙南面，薄薄的土壤在阳光的照耀下，脱去了冰衣，焕发出春天的生机。暖阳下的山谷中，冰雪消融，化作涓涓溪流。小溪沿岸绿草茵茵，像是给大地铺上了绿色的地毯，各种颜色的花竞相绽放……这些盛开的花儿知道，北极的春天稍纵即逝，因此它们急切地盼望能尽快长出种子，孕育下一代。北极地区特有的小型蝴蝶、黄蜂模样的小昆虫、各种甲虫，似乎都听到了花儿的召唤，纷纷从睡梦中醒来，一群群赶来给花儿授粉，一时间山谷里热闹起来。

海边高耸的悬崖上，密密麻麻布满了海雀和海鸥的巢穴。有时它们聚集在高耸的岩石上，嬉闹着，吵嚷着；有时它们又展翅翱翔在一望无际的海面上空，寻找充饥的食物。

北极那刺骨的严寒，寂静的长夜，一点点消失殆尽，春天的热情遍布了北极荒野的每一个角落。笨重的海象也感受到了春天的来临，不时发出咕噜咕噜的声音，回应春天的热情。在离岸边不远的一个小岛上，一群海象正在黑色的岩石上晒太阳。海象群里有两头成年雄海象和四头母海象，还有很多小海象在它们身边爬来爬去。海象们有的舒服地躺在地上，有的在相互打闹，用头顶一顶对方，或者挥动前肢，不停地触摸对方滑溜溜的身体。

温暖的阳光照在海象粗糙的皮毛上，它们感觉非常舒服，就不停地哼哼着，用各种腔调表达自己的惬意。海象们尽情地享受着美好的春光，大都放松了戒备，只有一头成年雄海象非常警惕，它高高昂起长着大牙齿和硬毛的脑袋，把那些嬉戏打闹的伙伴们尽收眼底，它的耳朵时刻注意着周围的动静，鼻子也警惕地嗅着风中的气味，以防任何危险靠近。

一头幼海象跟着妈妈爬到一块四周高、中间低的岩石上，这儿距离水边大约 6 米。母子俩就像待在一个窝里——真是一个温暖舒适的好地方，岩壁为它们挡住了东北方向的风。其余的海象嬉闹够了，纷纷聚集到海水边，紧紧簇拥在一起，不时会有一个懒洋洋的海浪拍打过来，冰冷的水花打在它们身上，让它们觉得不太舒服。幼海象们挣扎着，要爬到海水冲不到的地方去，妈妈们却坚决要求它们乖乖地留在水边。

这时候，一头海象忽然跃出海面，这一群海象又增加了一名成员。原来，这头海象在海底觅食，它用巨大而结实的象牙挖出蛤蜊、海星和牡蛎，再用大如磨盘的臼齿把这些东西咬碎，吃掉那些软软的肉。它吃饱了，就把脑袋伸出水面，正好看到岩石上的海象群，很想和这群伙伴一起玩耍。这头海象游起来就像海豹一样迅捷而优雅，不一会儿就到了岩石边，它用巨大的牙齿钩住岩石，凭借脖子的力量把上半身拉上去，紧接着用宽大的鳍脚向前猛蹬，就把自己整个身体拉出了水面，"扑通"一声落在同伴们中间，跌得哼哼了一声，也算是跟同伴们打了声招呼。有了新成员的加入，海象们又开始新一轮的玩闹，享受属于它们的惬意。

其实，笨拙的海象们并不是一个很有魅力的群体，它们身体庞大，实在算不上好看。成年海象身长 3 米到 3.5 米，臃肿的身躯圆鼓鼓的，像个巨大无比的水桶；尾巴光秃秃，没有任何装饰；身上倒是有棕黄色的鬃毛，稀稀拉拉地散布在它们锈色的皮肤上，显得肮脏不堪。海象的头长得极不匀称，因而显得很难看：头的上部很小而且扁平，耳朵也没有耳廓；头的下部，也就是口鼻部，却长得极其肥大，向下生长的两颗巨大的獠牙，足足有 30 厘米到 40 厘米长。海象的下颌长着又长又硬的须，让它们显得更加肥硕、丑陋，呈现出一副暴躁易怒的神态。

小海象们的样子还是很可爱的，胖嘟嘟的身体虽然形状跟父母一样，但它们的皮肤柔嫩干净，光滑的皮肤没有皱褶，没有突出的肿块，也没有丑陋的伤疤影响形象。小海象还没长獠牙，只是它们的口鼻部正在变大，为将来生长獠牙做准备。小海象们天生一副好战的模样，不可思议的是，它们的眼神却像婴儿一样乖巧温顺。此刻，小海象们有的在地上打滚，有的依偎在妈妈的身旁，海象妈妈们都用警惕而充满爱怜的眼神注视着自己的宝宝。

春天的北极，生机盎然，海象们享受着属于它们的惬意生活。

灵犀一点

海象是群栖性动物，每群海象的规模可有几十头、数百头乃至成千上万头，海象群在睡觉时总会留下一头放哨的"哨兵"，当它发现有危险来临时，便大声吼叫将同伴唤醒。每群海象都是一个集体，成员之间会互相帮助，有合作精神，也会建立深厚的友谊。

第二章 痛苦的妈妈

　　白熊妈妈找不到食物，愁闷地在岸边来回游荡。一阵猛烈的海风吹来，它从风中捕捉到一股令它兴奋的气息……

　　一头小海象离开了海象群，在远处痛苦地啜泣。那天早晨，它遭遇了不幸，在海中独自嬉戏的时候，被一头游经此处的独角鲸撞伤了稚嫩的肩膀。幸亏妈妈及时赶到，否则这头小海象就变成独角鲸的食物了。受伤的小海象没有心情和同伴嬉戏，独自离开了海象群，妈妈急忙跟在它身后。小海象在一块岩石上停下来，海象妈妈笨拙地把它拉到自己身边，心疼地抚摸它，嘴里还反复发出各种声音，用海象妈妈特有的方式安慰它。其他海象正十分惬意地玩闹，这位海象妈妈因为小海象受伤而忧心忡忡，根本没有心情享受岛上明媚的春光。

此时此刻，另一位妈妈也同样忧心忡忡，它是一头白熊，它伤心的原因是小熊宝宝正饿着肚子。在这个小岛的背面，消瘦的白熊妈妈正在四处觅食，它的幼崽紧紧跟在后面。潮汐裹挟来的巨大冰块堆满了小岛和陆地间窄窄的港湾，很多沾着泥土的浮冰堆积在海岸上，这些浮冰因为阳光的照射而逐渐融化、破碎，变成晶莹剔透的碎冰。眼神敏锐的白熊妈妈在碎冰上走来走去，希望能找到一些死鱼，或者其他从海上漂来的可以吃的东西。这段时间，白熊妈妈很难找到食物，大批的三文鱼群应该在这个季节出现在海岸，今年却迟迟没来，白熊妈妈当然不知道是什么原因。饥饿却实实在在折磨着它，它饥肠辘辘，甚至饿得胃里一阵阵发痛。白熊妈妈只能用春天萌发的植物嫩芽勉强充饥，作为一头大型食肉动物，它当然不爱吃这些东西。因为缺乏充足的营养，白熊妈妈奶水很少，小熊常常饿着肚子，妈妈的心里备受煎熬。每当白熊妈妈停下来的时候，饥饿的小熊就会凑到它的身子下面吸吮，可是又吸不到奶水，就蹲在地上呜呜咽咽地乱叫。白熊妈妈的眼睛此时模糊起来，它实在挤不出奶水，只能温柔地低下头，用舌头舔着自己的宝宝。

白熊妈妈找不到食物，愁闷地在岸边来回游荡。一阵

猛烈的海风吹来，它从风中捕捉到一股令它兴奋的气息——海象特殊的体味！

白熊妈妈竖起毛茸茸的耳朵仔细地聆听，抽动灵敏的鼻子嗅着，身子像冰块一般僵硬地直立着，它睁大眼睛巡视着小岛。小熊也学着妈妈的样子，一动不动地站着。在行动之前保持镇定，这是很多幼兽最早要学习的野外生存本领之一。

白熊妈妈的视野内并没有海象的踪迹，但它相信自己的鼻子绝不会欺骗它，它认定有一群海象在小岛的另一面，也许正舒服地晒着太阳。海象原本不是白熊选择的目标，雄海象勇猛而且容易被激怒，母海象体格强健，它们在保护自己孩子的时候，都会拼尽全力，除非万不得已，最好不要成为海象的敌人。现在确实很难捕捉到猎物，如果自己再没有奶水，小熊也许就会饿死，对白熊妈妈来说，世界上没有什么比自己的宝宝更重要了。为了孩子，它决定铤而走险……

灵犀一点

　　小海象受伤了，海象妈妈忧心忡忡；白熊妈妈则因为没有奶水喂小熊而决定冒险捕猎。人类有母爱，动物也有，母爱是伟大的、无私的。

第三章　痛失爱子

正在安慰孩子的海象妈妈仿佛收到了危险信号，忽然抬头紧张地四处张望……

白熊妈妈带着小熊，靠着冰川的掩护，悄悄来到逐渐退去的潮水边。白熊妈妈看到海湾里堆积的浮冰在缓慢移动，这对于小熊来说并不安全，就连自己也得小心谨慎，因此它不能把小熊留在此地等候，只能让小熊跟着自己。小熊其实也很擅长游泳，白熊妈妈潜入水下时，小熊也毫不畏惧地跟着潜到水下，它皱着黑色的小鼻子勇敢、敏捷地劈波斩浪。小熊模仿着妈妈的一切动作，像妈妈一样谨慎、机警、迅速，因为它知道妈妈的猎物一定是危险的大家伙。

这个海岛是一个山脊延伸到海里形成的，白熊妈妈很聪明，不会翻越山脊去偷袭那些海象。它心里很清楚，海象们一定会密切监视着陆地方向，防备有天敌忽然杀过来。

白熊妈妈从水中抵达了小岛的另一侧，它带领小熊穿过一片海滩，找到一个不容易被发现的地方。

在一块浮冰的掩护下，白熊妈妈奋力跳上一块岩石，然后俯下身子紧紧趴在上面，它仿佛和岩石融为了一体，小熊也一丝不苟学着妈妈的动作。当白熊妈妈站起来，脑袋贴着岩石的缝隙向外观察时，小熊被妈妈挡在身后，只能歪着脑袋焦急地想知道妈妈看到了什么。

一群海象出现在白熊妈妈的视野中，只隔着不到50米的距离。尽管白熊妈妈已经饥饿难耐，海风又不断送来海象身体的气息，刺激着它的味蕾，但它绝不会轻举妄动，而是长时间地俯身趴在那里，耐心观察，寻找最佳的攻击时机。据白熊妈妈观察，这群海象几乎无法接近，因为海象离海水很近，而且戒备森严。如果它现在发起突袭，海象就会在第一时间逃进水里，就算它侥幸在水里抓住一头小海象，它也会立即被那些强壮有力的大海象用长长的牙齿钩住，拖到海里淹死。

　　白熊妈妈耐心等待着，机会终于来了。它那双敏锐的眼睛观察到，有一对海象母子离开了海象群，远远地躺在崖边的斜坡上。其实，这个机会失败的风险也很大，但总比没有机会强。白熊妈妈开始行动了，它匍匐在地面上，借着岩石和冰丘的掩护，慢慢地爬向猎物。令人难以置信的是，这头硕大的猛兽，竟然能把身体缩到很小，动作也像猫一般悄无声息，白熊妈妈必须如此，因为海象们的听觉极其敏锐。现在，除了海象的呼吸声和喉咙里的咕噜声，空气里再没有其他声音。偶尔传来一两声冰块碎裂的声音，那清脆的响声让小熊胆战心惊。

　　白熊妈妈在离猎物不到 20 步远的地方停了下来，迅速回头看了一下自己的幼崽。小熊明白妈妈的警示，立刻停下来，蜷缩在岩石后面。白熊妈妈继续向前爬去，它不舍得带孩子一起冒险。

正在安慰孩子的海象妈妈仿佛收到了危险信号，忽然抬头紧张地四处张望。海象妈妈并没有发现任何危险，可它还是隐隐感到不安，于是，它立即低下头，把头抵在小海象的腹部，试图把小海象推下斜坡，让小海象回到海象群里。

小海象挣扎着，不明白妈妈为什么要推开它，海象妈妈似乎要向小海象解释什么，就在这一瞬间，在离它们不到4米的地方，一个可怕的巨大白色身影从岩石后面跳出来。斜坡下面负责警戒的那头成年雄海象看到了危险，大吼一声，发出警告。与此同时，那巨大的白色身影扑向受伤的柔弱的小海象，小海象还没意识到发生了什么事情，就已经被扭断了脖子。

海象妈妈失去了孩子，痛不欲生……

灵犀一点

白熊杀死了小海象，海象妈妈因为失去了孩子而感到非常痛苦。动物界的弱肉强食是自然法则，但作为人类，我们应该有发自内心的慈悲，别人在痛苦的时候，我们要理解他人并给予帮助。

第四章　复仇

失去孩子的海象妈妈喘着粗气，喷着鼻息，集聚起全身的力量，向杀害自己幼崽的凶手再次发起进攻……

海象妈妈悲愤地大吼一声，暴跳起来，不顾一切地跳到对手面前，它虽然身体肥硕，但是进攻却非常敏捷。可白熊妈妈的速度更胜一筹，就在它对小海象发出致命一击之后，又以惊人的力量和速度，将猎物推到了斜坡上面好几米的地方。同时，白熊妈妈把自己那长长的背部像弓一样弯起来，硬是抵挡住了海象妈妈的猛烈进攻。可是，白熊妈妈的屁股一侧还是被锋利的海象牙划了一下，它白色的皮毛上出现了一道长长的红血印。白熊妈妈顾不上疼痛，立即把猎物拖到身旁，防备疯狂的海象妈妈再一次发动进攻，来抢夺小海象的尸体。

这时候，不远处的海象群也看到了白熊，其他的母海象急忙把它们受惊的幼崽推到海水里，随后它们也翻滚着跳入水中，溅起了一片片巨大的水花。那三头雄海象气愤地吼叫着，挣扎着跳上斜坡，要一起围攻白熊。

失去孩子的海象妈妈喘着粗气，喷着鼻息，集聚起全身的力量，向杀害自己幼崽的凶手再次发起进攻。海象妈妈的速度很快，白熊妈妈费了很大劲才把它甩在身后，把战利品拖上了斜坡。由于太匆忙，白熊妈妈一不小心把小海象的尸体卡在岩石缝里，它不得不停下来，用力把小海象的尸体拽出来，因此耽搁了一小会儿时间。海象妈妈就利用这段时间赶上来了，白熊妈妈似乎感觉到末日来临了，它虽然没来得及回头，但能感觉到海象妈妈那庞大的身躯冲到它身后了，马上就要把它压扁在地上。白熊的爆发力特别好，像一根被压紧又突然松开的弹簧一样，猛地跳到一边，它刚刚跳开，就见两根锋利的海象牙刺到它刚才站立的地方了。母海象那近一吨重的身躯产生的冲击力，此刻都汇聚在这两根象牙上了！

没攻击到白熊，伤心的海象妈妈暴跳如雷，再一次掉转方向发起进攻。白熊妈妈比海象妈妈灵活很多，在海象妈妈跳起来的时候，白熊妈妈已经闪到了海象妈妈身后，抬起熊掌对着海象妈妈的颈部重重地拍了一下。这有力的一击，使海象妈妈失去了平衡，跌跌撞撞向斜坡下滚去。这时，那三头正准备爬山坡攻击白熊妈妈的雄海象，也赶紧回过头去看海象妈妈是否受伤，从而减缓了进攻的脚步。白熊妈妈趁着这个时机，将战利品拖上了峭壁，在这儿就安全了，海象根本上不来。白熊妈妈又爬到一块更高更开阔的岩石上，尽量离暴怒的海象远一点儿。

白熊妈妈到了安全的地方，就轻轻地呼唤小熊。躲在岩石后面的小熊听到了妈妈的声音，便敏捷地攀上岩石，与妈妈会合在一起。

那三头雄海象意识到已经失去了攻击白熊的机会，只好转过身，摇摇晃晃地跳回到海里。海象妈妈伤心欲绝，一直在那块岩石下暴跳，不停地用象牙碰撞着岩石，一次次用巨大的鳍状前肢试图攀上岩石。它一次次无功而返，刚喘过一口气来，就又开始下一次徒劳的攀爬。

海象妈妈伤心欲绝的样子吓坏了小熊，小熊躲进了白熊妈妈的怀里，白熊妈妈在高处的岩石上，安抚着自己的幼崽，时不时瞥一眼母海象，眼里似乎也露出了同情和愧疚的神色。

最后，海象妈妈没有力气了，身上也变得伤痕累累。它渐渐恢复了一些理智，明白再也夺不回自己的幼崽，也报不了杀子之仇了。海象妈妈伤心地转过身，踉踉跄跄地爬下斜坡。接着，它慢慢地跳进海里，游向已经离开岸边一公里的海象群。

灵犀一点

失去孩子的海象妈妈伤心欲绝，它不是白熊妈妈的对手，但是为了给孩子报仇，仍拼尽全力，即使伤痕累累，也不愿退缩。永远不要低估一个母亲的力量，因为母爱能激发出强大的勇气。

偷幼豹的代价

第一章　黑豹的踪迹

猎人看到新鲜的豹子脚印，吓了一大跳，他连忙蹲下身子悄悄退后，躲进灌木丛里……

陡峭的红岩上面，半露着根部的松树伸出岩壁，在峡谷里荡来荡去。两头黑豹从峭壁的一个裂口处出来，悄无声息地沿着峭壁往下走，几乎是垂直而下。它们体形庞大，行动起来却非常灵巧，宽厚的肩部和后腿在黄褐色的皮毛下活动自如。不一会儿，黑豹来到一片草地上，青草间零星地点缀着一些野花，旁边是潺潺的山间小溪。在这里，它们分道而行，母豹朝着对面岩石纵横交错的斜坡奔去，公豹继续沿着峭壁往下走，从一棵松树上跳下去，到谷底的森林深处猎食。

这年春天，猎物很少，两头黑豹一直在忙着寻找食

物。它们把两个还未睁开双眼、嗷嗷待哺的幼崽留在洞
中，幼崽缩在黑暗的角落里，地上铺着干草。黑豹出去捕
猎的时候，不很担心幼崽的安全，红岩周围方圆六七十公
里之内，都是它们的势力范围，没有其他野兽敢涉足它们
的洞穴。

　　大约半小时后，一个混血猎人出现了，他要到小溪的
对岸去。猎人沿着陡峭的斜坡悄悄前行，斜坡上面有很多
隐蔽物，他那瘦削的身影忽隐忽现，一会儿被岩石挡住，
一会儿又被树木和藤蔓挡住。猎人脚穿鹿皮软鞋，踩过树
枝藤蔓没有发出声响；他走起路来小心翼翼，哗哗的流水
声掩盖了他轻轻的脚步声。丛林里的动物耳朵都非常灵
敏，很小的声音也能听得到。猎人那双警惕的小眼睛发现

小溪对岸有片草地，于是，他纵身一跳，稳稳地落在溪水中间的一块岩石上；再一跳，就落到了对岸的草地上。刚才母豹离开的时候，也是从岩石跳过小溪，它那宽大的爪子在草地上留下了深深的印痕。猎人看到新鲜的豹子脚印，吓了一大跳，他连忙蹲下身子悄悄退后，躲进灌木丛里，半举起连发步枪，双眼警惕地观察着每个隐蔽的角落。猎人追踪黑豹很久了，他期待那头大野兽正潜伏在附近，用满腹狐疑的眼睛盯着他。

几分钟后，猎人没发现任何动静，他觉得黑豹已经离开了。于是，他从灌木丛中走出来，跪下来仔细检查豹子的脚印。其实，这个脚印比自己刚才判断的要陈旧一些，应该足有半个小时了。被踩倒的小草已经直立起来，而且被踩死的一只甲壳虫身上爬满了蚂蚁。猎人站起身，自我解嘲地笑了笑，接着又继续跟踪豹子的脚印，直到这些脚印与其他动物的脚印混在一起。猎人仔细研究豹子的脚印，从脚印的数量和周围的环境，他推断出这条路很可能通往豹子的洞穴。脚印是两头豹子留下的，更大一些的脚印好像不是今天留下的，猎人猜测只有一头豹子离开了，他肯定能在豹穴里找到另一头。想到这里，猎人的眼睛炯炯有神。他是一个好猎手，也是一个神枪手，他手中这杆沉重的连发步枪简直百发百中。

一连好几天，这个猎人都在寻找豹子的洞穴，他的目标是幼豹，他知道这个时节的幼豹很温顺。为了得到一张好豹皮，猎人觉得辛苦也值得，何况最近有个人托他为马戏团物色野生动物，如果能弄到两头健康的幼兽，就会得到 150 美元的酬金。猎人希望黑豹的幼崽越小越好，这样他就可以带回自己的木屋中，用奶瓶喂养它们，等养大一点再卖掉。

灵犀一点

黑豹不是生物学上的分类概念，而是指某些豹的黑色变异个体。猎人的枪法很准，并能通过踪迹寻找猎物。无论从事何种职业，精湛的技艺，对周围事物敏锐的洞察力，都是非常重要的能力。

第二章　偷走幼豹

幼豹在他背上的袋子里生气地吼叫着，想用尖锐的爪子抓他，但他穿的鹿皮衫很厚实……

猎人每次出来寻找黑豹之前，都会先把自己的连发步枪检查一番。在洞穴中保护幼崽的母豹可是极其可怕的敌人，他必须采取最严密的防范措施，不敢有半点马虎。

猎人追寻着豹子的脚印前行，到了陡峭的红岩下面，他那双敏锐的眼睛仔仔细细观察了一番，确信黑豹的洞穴就在高高的岩石裂缝当中。阳光透过冷杉树丛照在峭壁上，红砂岩闪闪发光。猎人看到了一棵倾斜的松树，树顶伸出岩壁，树枝朝上卷曲，他断定自己寻找的目标就在离松树不远的某个地方。

向上的道路非常陡峭，有的地方长满了苔藓，又湿又滑，有的地方被粗壮低矮的树枝挡着，这对豹子来说根本算不上障碍，对人来说却非常困难。猎人敏捷地向上攀登，不敢发出丝毫声响。他脚穿轻便的鹿皮靴子，脚步轻盈，他紧紧跟着豹子的足迹前行，犹如一条黑蛇一样灵活，无论是跨过树枝还是从树枝底下爬过，都不会发出太大的声响。每过几分钟，他就像一根树桩一样，一动不动地仔细观察周围的每一块石头、每一棵树。同时，他像头机敏的母鹿一样竖起耳朵，仔细倾听周围的动静。猎人准备用自己训练有素的各种感官与任何一种动物一决高下，他相信，如果动物能看到他或者听到他的声音，他也能看到对方或者听到对方的动静。他小心翼翼地往上爬了大约20分钟，来到了岩石的裂缝处，裂缝上方是一棵从岩石上横着长出的老松树。

猎人仔细地寻找豹穴的隐藏地，他感觉到应该就在附近。突然，他有种毛骨悚然的感觉，立刻举起连发步枪，抬眼一看，豹穴的入口处几乎紧贴着他的头顶。猎人意识到，刚才那几秒钟，自己的头完全暴露在黑豹的嘴下，不禁吓出一身冷汗。

这个家伙为什么没有发动袭击呢？猎人百思不得其解。他摘下帽子，挂在枪口，慢慢地举起，在洞口来回晃动，里面却没有什么反应。他又用枪用力敲击洞口的岩石，并且来回重复这种挑战的动作，里面依然没有反应。猎人断定两头成年黑豹都不在家，尽管如此，他还是不敢轻举妄动。作为一个训练有素、精明的猎人，他认为野兽在相同的条件下也许会做出不同的举动，也许洞穴的主人在静观其变，伺机而动。猎人向后退了一两米，蠕动着身子往岩石斜坡上爬，一直爬到脸与洞口在一个水平线上。他在爬行过程中，始终保持枪口对准洞口。他身体的每块肌肉都绷得紧紧的，做好了随时后退的准备，如果他看到洞内的黑暗处有两只眼睛幽幽发光，他就立马后退。

刚开始，猎人除了黑暗什么都看不到，后来，他的眼睛适应了黑暗，一直看到了洞穴的最深处，他看到了角落里抱成团的两只黑豹幼崽，并没有黑豹妈妈。猎人朝洞口下方的小路上瞥

了一眼，然后迅速爬进洞中，他非常兴奋，先抱起小豹子抚摸了几下，然后塞进自己随身携带的空袋子里。

幼豹在袋子里面一边发出咕哝声，一边不停地抓挠。猎人用一根细绳快速地扎住袋口，把袋子往左肩上一搭，匆匆忙忙地离开了。猎物已经到手，如果可能，他非常希望能够避免与那两头成年黑豹发生正面冲突。

猎人走到小溪旁边的那块草地之前，不再尽量小心地行走，而是走得飞快，撞得树枝"哗啦、哗啦"直响，脚下的一些小石头也被他踢进了山谷。幼豹在他背上的袋子里生气地吼叫着，想用尖锐的爪子抓他，但他穿的鹿皮衫很厚实，并没有感觉到幼豹的反抗。来到小溪边，猎人又从小溪中间的岩石上跳到对岸。为了防止被黑豹追踪，猎人故意不走原来的路线，而是沿着小溪的边缘艰难地行走，水花几乎溅湿了全身。走了几百米后，来到一条支流边，他又蹚着水走了二三十米。然后，猎人悄悄爬上岸，穿过矮树丛，又回到刚刚离开的峡谷，他沿着峡谷底部一路小跑，一直保持隐蔽，并且不时地转变方向，以免踩到干燥的树枝发出声音。然而，他的脚步声还是能被一些动物听到，因为他要加快速度，就不能很好地隐藏行踪。还有20多公里的路程要走，猎人的小木屋在一个叫断脊的山坡上，只有带着这两头幼豹安全地进入木屋，他悬着的心才能放下。

猎人在谷底的丛林中艰难前行，此时他离开红岩上的豹穴也有八九公里的距离了。谷底生长的多数是高大的树木，灌木丛很少，不利于猎物藏身，猎人觉得少了被黑豹突然袭击的危险，心里感觉轻松了很多。但他也不敢放松警惕，继续快速在谷底穿行，终于到了断脊山坡下。

猎人稍微休息了一会儿，开始爬断脊山坡。几年前，一场森林大火席卷了这片山坡，烧出了一大片开阔地带。猎人在回家的路上要穿过这片开阔地，这里长着新生的低矮灌木，里面零星竖立着几棵高大的死树，被火烧得只剩下树干，有一种说不出的荒凉感。背着两头幼豹，穿过几乎没什么树木遮挡的开阔地，想想心里就害怕，猎人不由自主地玩命般飞奔起来。

灵犀一点

猎人凭着智慧和勇敢偷走了幼豹，对他来说，这是收获，但是对于黑豹父母来说却是痛苦。其实，在大自然中，有一条天然的生物链，人类捕猎野生动物会破坏生物链，破坏生态平衡。从长远看，人类滥捕滥杀野生动物的行为，会遭受大自然严厉的报复。

第三章　黑豹追踪

　　猎人足迹的气味越来越浓烈，于是追踪也变得更加隐蔽。当黑豹来到浓密的灌木丛时，发现猎人就在前面不远处……

　　猎人终于跑出了荒凉地带，在一处茂密的灌木丛里坐下来，大口喘着粗气。他在灌木丛里隐藏好，从肩上卸下小豹崽，放在一边，把连发步枪靠在灌木上，他坐在苔藓上，松了松腰带，伸展了一下腰肢，想快速地休整一下。与此同时，警惕的猎人不忘巡视一下四周，突然，他惊讶地屏住了呼吸，急忙抓起猎枪，单膝跪地，小心翼翼地把枪口伸到树枝中间。就在刚才，一头体形庞大的黑豹在他眼前闪了一下，马上又退回到灌木丛中。

　　现在，猎人看不见黑豹了，心里更加不安起来。黑豹在跟踪自己吗？它是不是肚皮紧贴地面，穿行在低矮的灌木丛里？它是不是绕到了前方，藏在某块石头或者树丛后面，对自己来个突然袭击？又或者它不想冒险，放弃了跟踪？这种种不确定性让猎人感到非常焦灼，他犹豫不决，不知道自己是尽快离开，还是在这里等着黑豹出现，然后一枪毙了它。

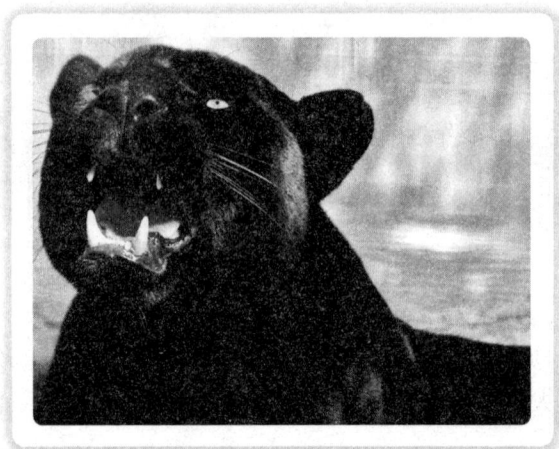

原来，母豹顺利地捕到猎物后，饱餐了一顿，然后它匆匆赶回洞穴去照顾两个幼崽。母豹一到洞口，就闻到了猎人的气味，气得它脖子和后背上的毛都直竖起来。它疯狂地冲进洞里，很快又出来了，嗥叫着四处张望，看起来很无助。母豹再一次冲进洞里，嗅了嗅原先放幼崽的地方，又嗅了嗅猎人踩过的地方，然后冲了出去，母豹的眼睛里放射出愤怒的凶光，长而有力的尾巴疯狂地摇动着，尖锐的獠牙全露出来了。母豹抬起头，长吼一声，吼声尖锐刺耳，这是它在呼唤配偶。

当时，公豹正躲藏在一个池塘旁边，等待饥渴的驼鹿出来喝水，它一听到呼唤，连忙从隐蔽处跳了出来。猎人已经走远了，正穿行在深谷中，没有听到母豹的吼声。

母豹等不及公豹回来，就从悬崖上冲下去追赶猎人。它沿着猎人的踪迹到了小溪边，从小溪中的石头跳到了对面，却发现找不到猎人的踪迹了。这时候，公豹也赶来与母豹会合了。两头黑豹头贴着头，母豹用某种简洁奇特的语言向公豹说明了所有情况，它们好像很快制订好了计划，沿着溪流两岸分头向下游追去。几分钟后，母豹再次发现了猎人的脚印，它低吼一声通知公豹，公豹再次赶来与母豹会合。

从黑豹下一步的行动就能看出，它们已经明白了所发生的一切：洞中和路上都没有血迹，也没有幼崽挣扎的痕迹，这表明它们的孩子是被活捉了。在野生动物眼里，死亡和血是分不开的。如果黑豹认为它们的孩子还活着，接下来的追踪就包含了双重目标——报仇和营救。母豹在前，两头黑豹一前一后跑起来，它们身体硕大，跑起来却像飘浮的羽毛一般悄无声息。过了一会儿，黑豹累得气喘吁吁，它们习惯快速短跑，缺乏持久的耐力，跑一会儿就停下来喘口气，嗅嗅路上的足迹。猎人足迹的气味越来越浓烈，于是追踪也变得更加隐蔽。当黑豹来到浓密的灌木丛时，发现猎人就在前面不远处。

其实，这两头黑豹了解周围与自己相关的一切，也很了解这个猎人，只是不明白猎人为什么抢走自己的幼崽。黑豹曾经多次跟踪并观察研究猎人，只是猎人没有察觉到这一切。猎人的很多情况黑豹都一清二楚：它们知道猎人住在哪里——猎人的木屋就在断脊山坡一侧的空地上，有一扇门和一扇窗；知道猎人有一个妻子，皮肤黝黑，其貌不扬，总喜欢在头上和脖子上戴鲜红色的配饰；知道猎人有一头黑白相间的母牛，脖子上系着一个铃铛，发出的声音很难听，黑豹不喜欢；知道猎人有牛轭，用来套在瘦弱的红公牛身上，春天的时候帮他耕地，冬天的时候帮他驮运木材；它们还知道猎人屋里有一种会发光的东西，一到晚上，光亮就透过窗户和门照射出来。

通过追踪猎人，黑豹认为它们最重要的发现是：猎人有一种很神秘的能力，还没看见猎人，动物们就被猎人杀死了。猎人的这个能力实在太可怕，黑豹不敢冒犯猎人，不去捕杀猎人的公牛和母牛，就连小鸡都不去碰一下。总之，不去做任何能引起猎人仇恨的事情。

灵犀一点

　　猎人跟踪黑豹，黑豹也跟踪猎人，黑豹甚至可以掌握猎人的一举一动。不少高等动物也和我们人类一样，有情感有智慧，这是为了适应大自然而必备的素质。

第四章 复仇

气急败坏的母豹对这个牺牲品胡乱撕咬了几下，又匆匆奔向木屋，至少它已经初步品尝到了报仇雪恨的滋味……

猎人偷走了黑豹的幼崽，不管面临怎样的危险，黑豹也要把孩子救回来。这两个复仇者一直跟着猎人的踪迹紧追不舍，有时像飞驰的影子，有时不得不隐蔽下来，即使遇到诱人的猎物也无心捕捉。黑豹在深谷里奔跑时，一头红色的小驼鹿正在吃草。当小驼鹿看到黑豹时，吓得像石头一样僵住了。冲在前面的母豹完全可以不费吹灰之力咬断小驼鹿的脖子，但它根本没有心思理会这个猎物，它现在一心只想着自己的孩子。小驼鹿终于反应过来，使出全身力气猛地一跳，飞跑着消失在远处的灌木丛里。

两头黑豹来到断脊山坡上的空地边缘，它们犹豫起来，不知道下一步该如何行动。母豹和公豹比起来，对幼崽的感情更深，也就对猎人的仇恨更深，但它比公豹要沉着机智一些。对母豹来说，最重要的是救回自己的孩子，复仇并没有那么重要。母豹往后缩了缩身子，让自己隐藏得更好，它打算绕过这片危险的空地，便向旁边的树林走去。走了一会儿，它突然意识到公豹没有跟过来，就停下来，回头张望。

冲动的公豹一心要报仇。它在树林边逗留了几分钟，并没有发现猎人，但它似乎感受到了猎人挑衅的目光。公豹趴在灌木丛里，放平身子，它开始慢慢前行，等待猎人出现。母豹低吼一声，想把公豹召唤过来，但急于复仇的公豹依然倔强地往前爬，它只能站在那里，担心地看着公豹。公豹那黑色的后背在绿色的灌木丛中移动着，速度越来越快，它不知道猎人已经跑过了这片荒凉的空地。突然，母豹看到从冷杉丛里迸发出一道火光，紧接着听到一声激烈的炸响，它看见公豹后腿直立，跳向空中，疯狂地扭动着，马上又跌落在地，向后翻滚了几下就不动了。

母豹很清楚发生了什么事，这就是猎人的那种神秘力量，它知道公豹死了。公豹的死亡让它更加悲愤，但它没有失去理智，没有不计后果地去拼命。母豹从树林里绕过空地，沿着山坡往下跑，在猎人前面大约一公里处停了下来。它竖起耳朵，听见了猎人沙沙的脚步声，它赶紧爬到一棵大树上藏起来，等待猎人的到来。

猎人出现了，母豹用既愤怒又焦急的目光看着猎人，它看到猎人后背上的口袋剧烈地扭动着，还听到从里面传出阵阵叫声。看到这些，它确定了自己的策略。如果孩子死了，它就会从树上跳下来和猎人拼命。现在孩子还活着，为了孩子的安全，它绝对不能冒险。

猎人继续前进。母豹从树上溜下来，悄悄跟在后面，和猎人保持着安全的距离。这条陌生的道路越过山脊，离猎人的木屋很近。这时，母豹听到后面传来一阵"叮当叮当"的声音，是母牛脖子上挂的铃铛在响。现在没有必要跟猎人这么紧了，母豹转变方向，穿过灌木丛，发疯似的扑向母牛，咬断了母牛的脖子。母牛没有一丝挣扎，它还没来得及弄明白怎么回事，就被母豹杀死了。气急败坏的母豹对这个牺牲品胡乱撕咬了几下，又匆匆奔向木屋，至少它已经初步品尝到了报仇雪恨的滋味。

母豹来到空地旁边看见木屋的时候，猎人正好刚刚走进屋门，手里提着装了宝贝的袋子。看到猎人关上了门，母豹不安地绕到屋后的空地，打算从后面袭击木屋。

在屋后的空地上，母豹看到两头红毛公牛正在牧场上吃草，它们离栅栏很近。母豹悄悄地靠过去，喷着怒火的眼睛盯着公牛。这时，其中一头公牛走近栅栏，在上面的打结处蹭痒痒。母豹咆哮一声，扑向那头公牛，它的利爪透过栅栏在公牛的腹部划了一道长长的口子。公牛又疼又恐惧，甩着尾巴转身朝家里奔去，它的同伴也受到惊吓，一边慌慌张张地跟在后面跑，一边咆哮着。

几分钟后，猎人和他的妻子从木屋里走出来。几头公牛正在牛栏门口，这个季节公牛一般不愿进牛栏。猎人发现其中一头牛不停地颤抖，身上还流着血。猎人察看了一下伤口，立刻明白发生了什么，他转身对妻子说："是母豹干的，咱们明天必须找到它，把它干掉！不然的话，它会把整个农场都毁了。"

猎人把受惊的公牛关进牛栏，从屋里提出奶桶，等着

黑白相间、系着铃铛的母牛回家，给它挤奶。那头奶牛一
向守时，可今天早过了该回来的时间了，还是不见奶牛的
踪影。猎人完全明白了，他把嘴唇抿得紧紧的，心想：为
这两头幼豹付出的代价竟然这么大！

灵犀一点

　　猎人偷走了幼豹，杀死了公豹，愤怒的母豹进
行复仇，母豹的机智勇敢值得肯定。在生活中，无
论遇到怎样的危险，我们都要沉住气，不慌张，千
方百计地寻找自救的办法和策略，要有一颗勇敢的
心，去迎接挑战，战胜困难！

第五章 营救

天快亮的时候，母豹找了片茂密的树丛躲藏起来，在那里它能看见屋门，它的幼崽就在那扇门后面……

天黑以后，母豹悄悄接近木屋，它发现所有的门都关得紧紧的——牛栏门、车棚门和屋门。母豹在屋门口仔细听了很长时间，活像一只在老鼠洞口偷听的猫。母豹的耳朵非常敏锐，能够分辨出猎人和他妻子的呼吸声，它还听到了细微的声音，这种声音是它的幼崽吃东西的时候发出的。母豹整个晚上都在围着木屋转来转去，它徒劳地盯着木屋的每一个角落，没有任何缝隙能够进入。天快亮的时候，母豹找了片茂密的树丛躲藏起来，在那里它能看见屋门，它的幼崽就在那扇门后面。

太阳升起来不久，猎人和他的妻子就出门了，他们要

去追捕那个危险的敌人。猎人的妻子也拿着一杆连发步枪，和猎人的枪是一个型号，而且她和丈夫的身手差不多，也是个神枪手。回不了家的母牛，红毛公牛身上的伤口，以及木屋周围那些杂乱的豹子足迹，都足以证明这场人豹大战一定会很惨烈，是一场你死我活的争斗。猎人和妻子认识到，只要母豹活着，他们就不会安全，必须尽快解决这件事情。猎人夫妻发现了一串母豹留下的清晰的脚印，就跟着足迹往前走，很快找到了母牛的尸体。猎人明白，母豹夜间到来，只是为了满足自己复仇的欲望。

当猎人和妻子对着母牛尸体咬牙切齿的时候，母豹已经来到了木屋门口。猎人夫妻离开后，母豹能更清楚地听到两个幼崽的叫声，它知道该采取行动了。母豹用身体不停地撞门，把门撞得吱嘎作响，可是怎么也撞不开。窗户离门很近，母豹把前腿趴在窗户上，朝里面看，它看到了两只幼崽，它们正躺在铺着破布和碎草的盒子里。看到孩子，母豹浑身充满了力量，它爬上窗台，用头和肩膀猛烈地撞击窗户上的玻璃。玻璃碎片割伤了它的嘴和鼻子，它都顾不上疼痛。玻璃破了，母豹使劲往里钻，臀部却被卡在窗户框里，小豹子看到了妈妈，兴奋地哇哇乱叫，母豹拼命挣扎着向孩子靠近，只听"哗啦"一声巨响，窗户框被拉下来了。母豹扭动着抽出身子，一个箭步冲向盒子，叼住一头小豹子的脖子，带着它跳出窗户，安放到谷仓后面的草丛里。接着，母豹又返回木屋，用同样的方法救出另一头小豹子，也把它带到草丛里。

就在这时候，母豹听见猎人和妻子回来了。它没有试着逃跑，而是缩紧了身子，隐藏在草丛里给幼崽喂奶，让幼崽安静下来。母豹的藏身之处在谷仓后面，它早就发现这里杂草丛生，没有猎人留下的任何脚印，是个很好的藏身之地。猎人尽管经验丰富，可他怎么都没想到，黑豹这样谨慎的野兽竟敢藏在离他木屋这么近的地方。猎人看到窗户被弄坏了，非常生气，他发现两头幼豹不见了，却也无可奈何。猎人怒气冲冲地在周围寻找，一无所获，因为他忽略了谷仓后面杂草丛生的地方。猎人开始抱怨那个让他为马戏团物色动物的人，这一切苦恼的根源，都是那个人引诱他去做这桩幼豹的投机买卖。他妻子倒是镇静自若，坐在一堆木头上，对他讲一些粗野的笑话，逗他开心。最后，夫妻俩越过山脊去取公豹的皮，免得皮被狐狸糟蹋了。

　　猎人和妻子离开后，母豹把两个幼崽安全地带到 8 公里外一棵中空的大树旁。稍微休息了一会儿，母豹决定带着两个幼崽开始远征，去寻找一个可以让孩子安全长大的地方。母豹带着幼崽一路跋涉，走过崎岖的小路，穿过茂密的丛林，还游过了两条激流。最后，母豹和两只幼崽到达了外省的一座山峰上，这里有茂密的森林，清澈的小溪，而且人类一般不会造访。

灵犀一点

　　母豹救出了小豹子，并带它们到了安全的地方。不管是人还是动物，一旦成为母亲，为了孩子的安危，她可以牺牲自己；为了孩子的成长，她会不辞辛苦。不论人类社会还是动物世界，母爱都是永恒的主题。

黑暗中身有双翼的猎手

第一章　黑夜杀手

这个影子看起来像是灰暗暮色的一部分，不过影子是活动的，还长着恐怖的大眼睛……

这是一个没有风的傍晚，天空中弥漫着灰紫色的晚霞，柔软得像鼹鼠的皮毛，低低地笼罩着这片草木茂盛的高原草地。在浅浅的山谷下面，有一座农舍，农舍的厨房窗户里透出温暖的黄色灯光。低矮的畜棚里，两匹马结束了一天的辛苦劳作，终于闲下来，正在尽情地享受它们的燕麦大餐。农夫的妻子正从农场中心的那口深井里提了一桶水，水桶发出"咯吱咯吱"的声响，偶尔还有水飞溅出来。小溪边有一片红杨湿地，湿地上，一只美洲牛蛙"呱呱"地叫着，声音刺耳，它重复地叫着，叫声有轻微的变化，好像想叫得更婉转一些。暮色和露水让世界安静下来，周遭似乎一片祥和。

一望无际的高原草地上，零零星星散布着一些干枯的树桩，树桩间有一片一片的杜松和冷杉幼苗。在这些树桩和幼苗中间，几只棕兔在暮色的掩护下，像一群孩子一样无忧无虑地玩耍。它们蹦啊跳啊，就像一个个不断弹起又落下的小毛球。

现在，棕兔互相跳过伙伴们的肩膀，再跳回来，似乎是在跳一种舞蹈。在它们玩耍的时候，经常会有一只棕兔中途停下来，用健壮的后肢使劲敲打冷杉和草皮，发出低沉而又有节律的声响。其他小伙伴一听到这个信号，就像士兵演练一样，马上转过身，继续玩游戏，只是看起来好像变换了一种新的舞步。

棕兔们正在尽情玩乐的时候，从牧场北边的黑树林后面传来一阵怪异的叫声，"呜——呼——呜，呜——呼——呜"，声音低沉而响亮，拖得很长，带有一种难以形容的威慑力量，让人听了毛骨悚然。这怪异的叫声停了一会儿，又再次响起，打破了傍晚的宁静。

正在嬉戏的棕兔好像被这突如其来的叫声吓到了，马上停止了玩耍。片刻间，大多数棕兔都迅速跑进了离身边最近的树丛中，隐藏起来，只看到它们尾巴上的白毛闪了一下，就不见了踪影。剩下的几只棕兔似乎惊吓过度，待在原地：它们要么是不敢动，要么是害怕乱动暴露了自己，只好一动不动，只有受惊的心脏在"怦怦"地猛烈跳动。棕兔完全融进了夜色，与灰暗的草皮浑然一体，只要它们保持不动，就会跟那些藏在树丛中的同伴一样，不会被发现。

大概半分钟后，一个灰暗的巨大身影像云影一样飘过，悄无声息。这个影子展开宽大的翅膀，飞得很低，巡视着这片寂静的草原。影子看起来像是灰暗暮色的一部分，不过影子是活动的，还长着恐怖的大眼睛。这两只大眼睛圆鼓鼓的，像是暗夜中灼热的火球，带着一种置猎物于死地的杀气。它一边搜寻着灌木丛和开阔的草地，一边把头弯下去，想发现任何微妙的活动或者生命迹象。

这个灰暗的身影飞到棕兔们蹲伏的那片草地上空时，忽然张开了那弯刀似的尖嘴，发出一阵响亮而怪异的鸣叫，令人惊恐万分。蹲伏在地上的棕兔听到这一阵鸣叫，本来已经紧绷的神经彻底崩溃了。棕兔们跳到空中，像是出膛的子弹一样，拼命地往树丛里跳。那个灰暗的身影俯冲下来，猛啄一通，一个逃亡者被钢铁般坚硬的爪子抓住了脖子和后背。被抓的棕兔发出一声短促的惊叫，立刻被勒得透不过气来。棕兔被带到空中，痉挛似的乱踢乱蹬。灰暗的身影带着棕兔飞走了，飞进了树林深处，把它带到一棵有洞的树上，这里有它凶猛的配偶和残忍的孩子，这里是它的家。这个叫声恐怖的暗夜杀手是一只巨大的猫头鹰。

灵犀一点

猫头鹰别名"鸮"，因其面貌像猫，而被人们称为猫头鹰。猫头鹰是世界上分布最广的鸟类之一，除南极洲外，其他地区都有分布，共有130多种。绝大多数猫头鹰是夜行性动物，昼伏夜出，主要捕食鼠类，也吃昆虫、小鸟、蜥蜴、鱼等动物。

第二章　猫头鹰之家

猫头鹰爸爸是个残忍贪婪的掠食者，但它对自己家庭的爱和奉献很值得赞美，它是一位模范丈夫和父亲，很少在意自己的需要……

猫头鹰飞下来，落到一棵快要枯死的枫树上，把猎物放在一根粗壮的光秃秃的树枝上，树枝旁边是一个大树洞——它的巢穴。猫头鹰把棕兔松软的身体放在自己的巢穴边上，棕兔的身子一半在洞里，一半挂在洞外。猫头鹰上下晃动着它的脑袋，悄悄地试探性地靠近自己的配偶，钩子似的嘴巴低声呢喃了几句，很温柔的样子，跟它那狰狞的嘴脸很不协调。

猫头鹰的配偶体形比它还大，样子也更加凶恶，它刚猎食归来，从荒原上的一家农舍里带回来一只不幸的鸭子。两只小猫头鹰已经是半大"孩子"，仍然长着绒毛，它们正是长身体的时候，饭量特别大，小猫头鹰贪婪地撕咬那只鸭子，狼吞虎咽，连肉带毛都吞了下去。猫头鹰妈妈自己已经吃得饱饱的，可能是吃了几只老鼠或者小鸟，那是它在夜幕降临时抓的猎物。猫头鹰妈妈吃饱后，又抓了一只鸭子带回家，给孩子们吃。

猫头鹰爸爸是个残忍贪婪的掠食者，但它对自己家庭的爱和奉献很值得赞美，它是一位模范丈夫和父亲，很少在意自己的需要，直到确定自己的配偶和孩子们都吃饱了，它才会想到自己。现在，猫头鹰爸爸确信所有的家庭成员都有了食物，才去享用自己的猎物。在猫头鹰爸爸享用猎物的时候，猫头鹰妈妈纯粹出于猎杀的欲望，又开始

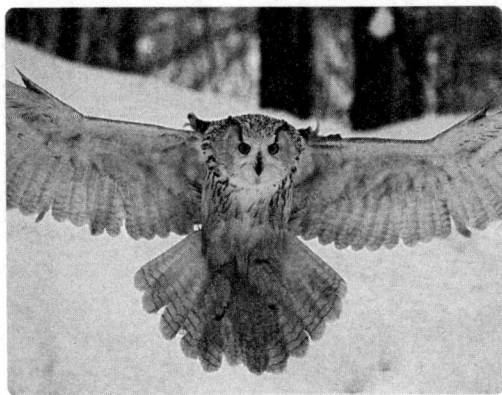

行动了，它悄无声息地飞出巢穴，在夜色中穿行在寂静的树林间，寻找猎物。

猫头鹰爸爸狼吞虎咽，很快填饱了肚子，它在巢穴边上擦了擦嘴，开始休息。出于习惯，猫头鹰爸爸仍然坐得笔直，很威严的样子，它看着孩子们大快朵颐，脸上浮现出陶醉的表情。猫头鹰爸爸的体形巨大，从它又短又宽的尾巴末端到圆圆的大脑袋顶端，身长大约60厘米，头上还有两簇看起来很滑稽的耳羽。猫头鹰爸爸的外表其实和其他猫头鹰没有多少不同，它上半身的羽毛混合了浅棕色、灰色和浅褐色，不规则地分布着，呈现出模糊的条纹和斑点，身体下部的羽毛则是奶油似的浅黄色，其间还巧妙地装饰着巧克力色条纹，眼睛周围的羽毛是从奶白逐渐变成浅黄褐色，两眼之间是凸起的额头，这里的羽毛颜色有些暗淡。猫头鹰爸爸的眼睛又大又圆，呈宝石黄色，大瞳孔乌黑发亮。它的眼睛固定在眼窝里，如果想要转动眼睛，就不得不随着眼睛转动整个头部，当然，其他猫头鹰也都这样。猫头鹰爸爸永远都是全神贯注地凝视一切，看起来又冷酷又凶悍，厚厚的白色软毛从它的腿部开始，一直长到那对无情的爪子上，这对爪子能在几秒钟内勒死一只成年的大鹅。

此刻的森林似乎一片寂静，无论是人类的耳朵，还是野兽的耳朵，那些普通的耳朵都听不到什么响动。猫头鹰爸爸的耳膜却是真正高度灵敏的传声筒，它听到黑暗之中充满了无数窸窸窣窣的声音。远处的一片山毛榉叶子上面堆积了很多露水，终于不堪重负，露水掉落下去，猫头鹰能听到水滴落下的声音，但这种声音对它来说没有任何意义。

在夜色的笼罩下，地上树影斑驳，猫头鹰突然听到一只猞猁鬼鬼祟祟的脚步声，猞猁正在离自己约15米远的地方寻找食物。猞猁的脚上长着肉垫，走起路来声音很轻，可还是逃不过猫头鹰的耳朵。猫头鹰身子不动，头转向发出声音的方向，全神贯注地盯着那里。猞猁攻击能力很强，又是杰出的爬树能手，是猫头鹰害怕的野生动物之一。猫头鹰进入了紧张的戒备状态，如果有必要，它会向不在身边的配偶发出信号，也会给巢穴里的孩子们发出预警。庆幸的是，可怕的脚步走向远离自己的方向，猫头鹰知道自己的巢穴没被猞猁发现，巢穴附近有一棵印第安梨树，浓密的枝叶把巢穴隐藏得很严实，在地上根本看不到。

灵犀一点

猫头鹰生性凶残，是很多小动物的天敌，但在猫头鹰家庭中，猫头鹰父母非常用心地抚育孩子。虎毒不食子，动物间也有亲情和真爱。

第三章　林间捕猎

它悄无声息地在月光下飞翔，就像一个灰暗的幽灵，它不时盘旋着俯冲下来，用翻滚的身影警示其他动物：死神来了！

几分钟后，猫头鹰听到一阵轻轻的沙沙声，这不是树枝伸展的声音，也不是露珠落在叶子上的声音。声音来自冷杉树下，大约 20 米远的地方，如此微弱的声音其他人或动物可能根本听不到，但猫头鹰立刻判断出这是胆怯的小田鼠的声音，它正在冷杉树针叶铺成的路面上飞奔。

猫头鹰展开毛茸茸的大翅膀，从树枝上飞下来，它一路滑翔，敏捷而迅速，几乎没发出一点声音，径直扑向枝杈交错的冷杉树下。猫头鹰的爪子像闪电一样迅速向小田鼠抓去，致命的一抓瞬间就把这个小生命扼死了，小田鼠连叫一声都来不及，当然更没有反抗的机会。猫头鹰抓着猎物继续飞了一会儿，在一棵枝叶浓密的枫树上落下来，它一只爪子举起小猎物，先用欣赏的眼神看了看猎物，然后一口咬下头部吞下去，再囫囵吞下猎物的身子。猫头鹰吃完美食，再一次回到它巢穴旁边的树枝上，笔直地端坐着，就像一名正在执勤的哨兵，两只眼睛在黑暗中闪烁着冷峻的光。

月亮升起来了，淡淡的光线透过枝叶照到猫头鹰的身上，它张开嘴，开始梳理脖子上的羽毛。梳理完毕，拖长声音叫起来"呜——呼——呜，呜——呼——呜"，用的是一种低沉的腔调，叫声在空旷的森林上空回荡，好像从黑暗中的几个不同方向同时传出来。事实上，对于任何一个躲藏起来的小动物来说，一听到这个叫声就心惊胆战，不可能去探究声音到底是从哪儿传来的。猫头鹰的配偶却很清楚声音传来的地方，而且明白这叫声的意思，从牧场的另一边很快传来了回应，距离太远，声音有些模糊："呜——呼——呜，呜——呼——呜"。猫头鹰明白那回声的意思是："我正在回家的路上。"猫头鹰一动不动地等了几分钟，看着两只小猫头鹰正学着它的样子，威严地站在巢穴的入口处，享用自己的大餐。猫头鹰又盯着小猫头鹰看了看，似乎用眼神叮嘱它们什么，然后展开翅膀飞走了，它穿过泛着银光的树顶，去搜寻林间草地和牧场上的新鲜猎物。

猫头鹰出现在草地上方时，月亮已经高悬在空中，它悄无声息地在月光下飞翔，就像一个灰暗的幽灵，它不时盘旋着俯冲下来，用翻滚的身影警示其他动物：死神来了！田鼠、兔子、金花鼠，甚至一向胆大任性的鼬鼠，都仓皇地躲了起来。只有一只长着黑白相间条纹的大臭鼬，漫不经心地抬起头看了看猫头鹰，然后继续去刨一个老鼠窝。

猫头鹰是暴君和杀手，胆子大，残酷无情，它可以用尖嘴和利爪与臭鼬大干一场，但它还是不想跟这只自信的

臭鼬纠缠，臭鼬肛周生有臭腺，可以生成并喷射臭液，臭液其臭无比。猫头鹰转过身，再次飞到树林边上，继续在树影间穿行。不一会儿，它来到小溪边上，这条小溪沿着农舍后面流淌。一只青蛙正坐在溪水边，一半身子露出水面，猫头鹰飞下去抓住了这只粗心大意的青蛙，叼到附近的树桩上，囫囵吞了下去。

刚吞下青蛙，猫头鹰又听到一声轻柔困倦的呢喃，从身后大约八九米的荆棘从里传来。原来是月光唤醒了一只沉睡的歌雀，歌雀轻轻向配偶传递了几句缠绵的爱语，它的配偶正在不远处的巢里陪伴小雀。两只歌雀还想交谈些什么，一个硕大的、眼睛闪着凶光的灰暗身影突然降临，袭击了它们。歌雀爸爸和歌雀妈妈被同时抓住，马上就被勒死了，根本来不及弄清楚到底是什么厄运降临到它们头上。猫头鹰迅速吞下两只歌雀，它又飞进雀巢，残忍地抓起一个个羽翼还未丰满的小雀，心满意足地吞下去。小雀个头很小，对猫头鹰来说却是最鲜美的食物。上次享用这么鲜美可口的食物，还是几个星期以前，它劫掠了一窝刚刚开始孵化的鹌鹑蛋。

吞吃完几只小歌雀，猫头鹰才算真正吃饱了。

灵犀一点

猫头鹰是捕鼠能力最强的鸟类之一，一只猫头鹰每年可以吃掉 1000 多只老鼠。猫头鹰是很多小动物的天敌，但它们吃老鼠，保护了人类的粮食，是人类的朋友。

第四章　农场捕猎

这个没有得逞的杀手心中愤恨不已，它只好去寻找那些防卫得不严密的猎物……

猫头鹰觉得应该去抓一只大猎物，作为家庭的储备食物带回去。它敏捷地飞到了农场，谷仓、农舍和堆木头用的棚子里都黑漆漆的，农场院子里没有什么家禽、家畜活动，只有大白猫正在谷仓边徘徊着寻找老鼠。猫是危险的猎物，但猫头鹰还是毫不犹豫地朝它俯冲下去。机灵的大白猫及时发现了猫头鹰，愤怒地"喵喵"叫着，飞奔到谷仓下面。猫头鹰绕着谷仓盘旋了几圈，大白猫丝毫没有出来的迹象，它只好向鸡舍那边飞去。

鸡舍的门关得很严实，窗户是用旧电线编成的网格。猫头鹰透过网格往里看，所有的母鸡都在各自的窝里睡着

　　了，有的身边还围着小毛球似的小鸡。负责警卫的公鸡很清醒，它毫不畏惧地瞪着猫头鹰，发出尖厉的警报声："喔——喔——喔——"。

　　猫头鹰抬起强有力的爪子，野蛮地撕扯着电线网，电线对它来说很结实，一时半会儿扯不开。这时候，鸡舍里面开始骚乱了，受惊的母鸡扑腾着，杂乱的声音传到了院子里。农舍的门砰的一声打开了，一片黄色的灯光照亮了院子。农场主跑出来，大喊大叫着，咒骂可恶的猫头鹰。这个没有得逞的杀手心中愤恨不已，它只好去寻找那些防卫得不严密的猎物。

　　沿着山谷的溪流往下游大约半公里处，是另一个农场。这个农场的主人在房子和谷仓边种了几株榆树，现在榆树长得很茂盛了。此刻的山谷，已经完全被银色的月光笼罩，猫头鹰为了防止被发现，贴着柳树和赤杨树的边缘飞得很低。然后，猫头鹰穿过那片隔开小溪和谷仓的开阔牧场，落到一棵茂盛的榆树上。在这儿，猫头鹰可是够幸运的，它发现两只母火鸡正栖息在一棵榆树顶端的树枝上。母火鸡睡得很浅，立刻就发现了猫头鹰，但它们只是好奇地伸出长脖子发出低低的叫声。母火鸡经常在谷仓附近见到小猫头鹰，那些小猫头鹰对它们没有恶意，只是抓老鼠，这样的大猫头鹰它们从没见过，因此充满了好奇心。一眨眼的时间，猫头鹰已经袭击了母火鸡，它朝着离自己最近的母火鸡下手，扭断了母火鸡的脖子，让母火鸡停止那愚蠢的叫声。猫头鹰努力把母火鸡提起来，准备带着它飞走，但是母火鸡个头大，还在扑棱翅膀，对猫头鹰来说是个沉重的包袱，猫头鹰只好慢慢地把母火鸡带到地上。

放弃到手的猎物，猫头鹰不甘心，虽然它一点儿也不饿，但还是用刀一般锋利的嘴咬碎鸡头，吞食了脑髓。同时，另一只母火鸡还在树上继续愚蠢地叫着，似乎还没弄清楚到底发生了什么。猫头鹰抬头看了看，像是被母火鸡的叫声惹恼了，它狠狠地瞪了母火鸡一眼，然后飞到那只母火鸡头上，扼住它的脖子，母火鸡徒劳地挣扎了一番，还是被扔到了地上。这两只火鸡都太重了，不管猫头鹰多么用力地扇动翅膀，只能将火鸡的身体在地上拖行。猫头鹰只能像对付第一只火鸡那样，吞吃了火鸡的脑髓，它在火鸡的翅膀上擦了擦嘴，又飞起来去寻找别的猎物。猫头鹰为了找到新的猎物，在离地面很近的低空飞翔，聚精会神地盯着飞过的每片树丛。

猫头鹰碰巧发现了一只大意的母鸡。母鸡原来住在鸡舍里，在那里，它产下的蛋总被主人拿走，母鸡很不满意。于是，母鸡在花园后面的一片紫丁香树下，找到一个秘密地点做了个窝。在这里，母鸡积攒了一窝鸡蛋，它已经快乐地孵化了将近三个星期，蛋里面的小鸡会动了，开始用小嘴轻轻地啄着蛋壳。自豪的母鸡用轻柔的歌声回应这些啄壳声，把它的鼓励和快乐传递给小鸡，母鸡轻柔的呼唤暴露了它所在的位置。母鸡看到一双阴森恐怖的眼睛正透过树叶盯着自己，于是发出一声刺耳的尖叫，准备应战，它竖起脖子上的羽毛，面向对手，张大嘴巴恐吓对方。在猫头鹰这样冷酷的杀手面前，母鸡的反抗毫无意义，不过是几声悲鸣而已。不一会儿，母鸡就被无法抗拒的爪子牢牢地抓住，从窝里被猛地拉出来，丢到一边。母鸡勇敢的反抗，不过是临死前掉下一堆柔软的羽毛。猫头鹰开始狼吞虎咽地吃那些还在孵化中的小鸡，虽然它已经吃饱了，还是舍不得丢下这些鸡蛋，它们实在是难得的美味佳肴。

吃完鸡蛋，猫头鹰用爪子抓起母鸡的身体，飞向空中，向丛林深处那棵枫树上的巢穴飞去。

灵犀一点

猫头鹰的外貌丑陋，叫声凄厉，给人恐怖的感觉，有人认为猫头鹰是不吉祥的鸟，这是迷信观念。虽然猫头鹰也会捕杀人类饲养的鸡鸭等家禽，但功大于过，应该受到保护。

第五章　生死大战

猞猁发出一声痛苦的惨叫，用一只爪子紧紧地抓着猎物，胡乱挥舞着另一只爪子应战……

现在猫头鹰飞得很高，不必注意隐藏自己的踪迹，但它的速度比平时慢许多，它那软绵绵的战利品是大约 3 公斤重的大母鸡，猫头鹰被自己热衷的美食弄得有点疲惫。好在没有必要匆匆忙忙地赶路，也不必用尽全力，猫头鹰轻松穿行在月色皎洁的夜里，对自己捕获的猎物很满意。

突然，从远处的树顶上传来一阵低沉的呼叫："呜——呼——呜，呜——呼——呜"。声音仓促而紧急，那是猫头鹰的配偶发出的声音，配偶用这种声音召唤它，向它求救。猫头鹰立刻从懒洋洋的状态中警醒过来，丢下沉重的猎物，发出响亮的声音回应："呜——呼——呜"，它扇动翅膀，尽力以最快的速度，向巢穴的方向飞去。

　　原来，猫头鹰离开家的这段时间里，那只曾经让它受到惊吓的猞猁，追踪一只兔子到了空心树的旁边。猞猁没有追到兔子，但是它碰巧抬起头向上瞥了一眼，它的眼睛跟猫头鹰的眼睛一样敏锐，一眼就发现了老树干上的大黑洞。猞猁对这种洞非常了解，它知道里面肯定住了某种动物，并且极有可能是一些动物的幼崽，幼崽没有抵抗能力，而且很鲜嫩可口。猞猁已经饿了，它还育有一对正在快速成长的小猞猁，小猞猁待在某处十分隐秘的洞穴里，等妈妈带着可口的食物回去。

　　猞猁敏捷地爬上了粗糙的树干，准备去侦察一番。猞猁的爪子在树皮上发出第一声咔嚓声，就被猫头鹰妈妈听

到了，猫头鹰妈妈紧紧地抱着自己的小猫头鹰，从树洞里往下看，想知道是什么东西这么大胆，竟敢侵入它的领地。当猫头鹰妈妈发现敌人是一只跟猎狐犬一样大的猞猁时，愤怒瞬间变成了发疯般的恐惧，它担心小猫头鹰的安危，小猫头鹰的羽翼尚未丰满，还不怎么会飞。猫头鹰妈妈比自己的配偶更加硕大，更加凶狠，它有最优秀的猫头鹰所具有的勇气，当它的小猫头鹰需要保护的时候，它根本不会躲避任何危险。猫头鹰妈妈先发出一声尖厉的求救声，让正往家赶的配偶知道危险，紧接着就从巢穴中跳出来，用翅膀和爪子猛烈地击打猞猁的头部。

猞猁大吃一惊，被打得几乎失去平衡，差点从树上掉下来。猞猁嘴里愤怒地吐着白沫，缩了缩身子，用爪子挡住脸，发狂的猫头鹰妈妈又凶猛地用爪子抓扯猞猁的后背。猞猁被一个自己瞧不起的对手弄得如此狼狈，心里感到异常恼火，便加快速度往上爬，跃上巢穴旁的树枝，闪电般伸出自己带钩的大爪子击打猫头鹰妈妈。猫头鹰妈妈也向猞猁扑过来，如果猞猁正好击中猫头鹰妈妈的要害，猫头鹰妈妈也就没命了。幸亏敏捷的猫头鹰妈妈及时向后转身，这一击只是擦伤了它的胸口，它身上有浓密的羽毛作掩护，逃过了一劫，但一大片羽毛被扯下来，它也被甩到低处的一根树枝上。

猞猁把头伸进树洞，勇敢的小猫头鹰朝着猞猁的脸又咬又抓，但小家伙不是猞猁的对手，猞猁抓住一只小猫头鹰，咬断了它的脖子，然后把它拖到外面的树枝上。猞猁用两只巨大的前爪抓着小猫头鹰，像捏着一块香甜的饼干，它顺着树枝平躺下来，准备吃掉小猫头鹰。就在猞猁张口要吃的时候，猫头鹰妈妈毫不畏惧地返回来了，伸出大爪子撕扯猞猁的脸。猞猁发出一声痛苦的惨叫，用一只爪子紧紧地抓着猎物，胡乱挥舞着另一只爪子应战，但是都没有打中目标。就在这个关头，猫头鹰爸爸回来了。

猫头鹰爸爸迅速飞下来，朝着灰色的大野兽一阵拍打。猞猁在猫头鹰爸爸俯冲下来的时候，就看到了它，于是赶紧松开死掉的小猫头鹰，用后半身支撑着站了起来，想要用两只强有力的前爪对付这个新的攻击者。猞猁抓住了猫头鹰爸爸的一只翅膀，接着把长长的尖牙插进了猫头鹰爸爸的大腿。猫头鹰爸爸被抓住的时候，用翅膀疯狂地拍打对手，用尖嘴和另一只爪子愤怒地撕扯猞猁的脸。猫头鹰爸爸虽用尽全力，不屈不挠地搏斗，猞猁还是把它的翅膀从翅膀根处撕了下来。猫头鹰爸爸忍受着剧烈的疼痛，继续奋战。

此刻，猫头鹰妈妈从上面发疯般地抓挠猞猁的脖子。猞猁再也无法忍受这种折磨，试图原路返回，顺着树干回到地上。猫头鹰爸爸从下面勇敢地撑起身体，拼尽全力，把自己的嘴插进了猞猁的喉咙一侧，猞猁痛得四肢抽搐，失去了平衡，猞猁和猫头鹰爸爸一起掉了下去。它们翻转着下落，紧紧地贴在一起，随后又分开了。猫头鹰爸爸奄奄一息，一只翅膀只连在肌腱上，在降落的过程中，继续翻转身子，重重地落到地上后，结束了生命。猞猁迅速翻转过来，它强有力的爪子弹性十足，轻轻地踩在地上。猫头鹰妈妈匆忙飞下来，依旧勇敢地撕咬猞猁的后背。猞猁不想再战，发出一声震耳欲聋的咆哮，猫头鹰妈妈吓得松开了嘴巴，猞猁趁机跳出几步远，肚子贴着地面，飞快地逃进了茂密的灌木丛中。

惊魂未定的猫头鹰妈妈没有再追赶猞猁，它围着配偶和小猫头鹰的尸体转了两圈，又飞到巢穴上空，缓慢地盘旋了两圈，它的眼睛瞪得大大的，充满警觉，却又面无表情。接着，猫头鹰妈妈飞进巢穴，看看另一只小猫头鹰是否安然无恙。

灵犀一点

　　每一种野生动物都有独特的生存本领，这使得它们在残酷的自然界中生存下来。猫头鹰不是猞猁的对手，但为了保护自己的孩子，仍然奋不顾身地与猞猁进行生死大战。我们看到了野生动物间的争斗非常残酷，也要认识到动物世界里的舐犊情深。

天然的母爱

第一章　小驼鹿被困

小驼鹿惊恐地在这个"陷阱"的每一侧尝试着，想蹿上去，可是每次都会跌下来……

这几天以来，驼鹿群一直在驼鹿苑里生活，这里的深深的积雪被驼鹿踩得脏乎乎的，到处泥泞不堪。驼鹿苑的栅栏原本是一些高大的植物，现在这面植物墙的树叶和细枝都被高个子的雄驼鹿吃掉了，只剩下一些粗壮的树枝。可吃的东西几乎没有了，在迁到新牧场之前，驼鹿群出现了躁动不安的迹象。

这个驼鹿群并不大，有三头褐色的、瘦弱的雌驼鹿，两头长相难看、体色稍浅的小驼鹿，还有一头体形巨大、两肩很宽的雄驼鹿，雄驼鹿那手掌状的犄角特别大，犹如一棵小树。这头雄驼鹿的前躯很雄壮，长着厚厚鬃毛的脖子，令人生畏的鹿角，还有它的大长嘴，肥厚的上嘴唇很善于卷住食物。雄驼鹿的后腿以及臀部就瘦弱多了，和它庞大的身躯格外不相称。

前些日子，大雪突然而至，连下了三天三夜，这头巨大的雄驼鹿不得不为自己的鹿群寻找躲避的地方，他带着鹿群终于找到了有高大植物环绕的地方，暂时当作安身的驼鹿苑。现在又一次陷入了困境，雄驼鹿感觉进退两难：为了生存，鹿群不得不长途跋涉，但在厚厚的积雪上行走本来就困难，而且一旦遇见天敌，它们既不能顺利地逃跑或者躲藏，也不能与天敌展开搏斗。还有一种可能，就是狡猾的狼或者猎人就隐藏在深雪中等待着它们。可如果留在这里，周围已经没有可以吃的东西了。

驼鹿群别无选择：要么等死，要么去冒险。

当天夜里，圆圆的月亮升上冷杉树梢头，泛着清冷的白光。雄驼鹿坚毅地将厚厚的积雪踩在脚下，带领驼鹿群穿过铁杉树和陡峭的花岗岩向北行进。雄驼鹿缓慢地向前走着，巨大的口鼻向前伸着，鹿角却向后方倾斜，以免被树枝挂住。有时候，平坦的地面上会出现一处凹坑，它会"鹿失前蹄"，在里面打个滚；大多数时间，雄驼鹿总是能凭着自己顽强的毅力，镇定地在前方带路。

　　紧跟在雄驼鹿身后的是三头母驼鹿，它们忠实地排成一队。跟在母驼鹿后面的是小驼鹿，它们悠闲地走在已经踩出的道路上。与领头的雄驼鹿不同，小驼鹿的口鼻并不是伸向前方，而是低得快要碰到地上的雪了，这样更能节省体力。小驼鹿每走一步，高高的肩膀就笨拙地向前耸动一下。

　　四周一片寂静，这支队形奇怪的队伍仿佛黑色的幽灵，悄无声息地向前移动。驼鹿群走进一片树木茂密的森林里，月光下，那些树枝的影子就像一个个奇形怪状的怪物跟在它们身后。队伍走了几个小时以后，来到一片荒凉的高原，这里稀疏地分布着几棵白杨和干枯的白桦。凛冽的西北风几乎把这里的雪都刮走了，填满了附近的山谷。

矫健的雄驼鹿有自己的目标，并不打算在此处停留，它只是花了短短几分钟的时间吃点草，补充一下体力，就又开始摇摇摆摆地向前跑起来。这里的积雪很少，雄驼鹿加快了步伐，它四蹄放松，前后分开得很宽，落地时蹄子迅速地合在一起，发出单调而有力的噼啪声。鹿群的其他成员也有秩序地跟在后面，速度越来越快。可是，并非所有的驼鹿都能跟上队伍。

有一头小驼鹿被路边一丛散发出奇异气味的灌木丛吸引了，它想多吃几口品尝一下，一抬头，发现驼鹿群走出一段距离了，小驼鹿怕掉队，便笨拙地使劲儿跳跃着往前跑，没有注意到自己脚下的地方——那儿恰恰是一个被雪和灌木覆盖着的岩石裂缝，它一下子滑落到了这个天然"陷阱"的底部。小驼鹿的妈妈正在前行的队伍中，它关切地往身后看了看，发现自己的孩子不见了。驼鹿妈妈抬了一下肩膀，甩了甩它那没有长角的大脑袋，焦急地摇着的小尾巴，迅速地冲出队伍，飞快地往回跑，去寻找自己的孩子。

驼鹿妈妈听到了小驼鹿的求救声，才发现它掉进了裂缝里。这条裂缝大约有 4 米长，2 米宽，岩壁几乎是垂直的。即使小驼鹿用力站直趴在岩壁上，也只能勉强用自己的嘴碰到长满灌木的边缘，根本没有办法爬上去。小驼鹿惊恐地在这个"陷阱"的每一侧尝试着，想蹿上去，可是每次都会跌下来，疼得它发出凄厉的叫声。驼鹿妈妈焦急地绕着"陷阱"转了一圈又一圈，也想不出好办法，只能不时地探下头来，眼巴巴地看着自己的孩子。最后，小驼鹿累了，只好停下来，身体不停地颤抖，鼻孔张得大大的，喘着粗气。驼鹿妈妈笨拙地跪在覆盖着积雪的灌木上，用自己温暖的鼻子和嘴触摸着小驼鹿，安慰它。小驼鹿也尽可能地靠近妈妈，接受母亲温柔的爱抚。有了妈妈的陪伴，小驼鹿不再那么恐惧了，不停颤抖的双膝也有了力气。在皎洁清冷的月光下，它们保持着这样的姿势一动不动。其他驼鹿可能没有留心到掉队的母子，在雄驼鹿的带领下，驼鹿群已经消失在远方。

灵犀一点

　　小驼鹿因为被路边奇特的植物吸引，掉队了，它想快点追赶，却又被困到"陷阱"中。在一个群体中，我们一定要有团队意识，让自己的行动与团队保持一致，才能减少危险，共同抵达目标。

第二章　灰狼捕猎

　　灰狼刚跑了几分钟，却又忽然停止，它转身向相反的方向跑，因为它闻到身后有更浓烈的驼鹿气味传来……

　　几公里之外，在湍急的溪流边，蓝白色的灰泥岩石壁上有一个狼洞。一只身体沉重的母狼似乎走到了生命的尽头，此时它痛苦地躺在最黑暗的角落里，一声不响，面色阴沉地舔着自己已经残废的右前肢。前些日子，母狼被一个钢制的捕兽夹夹住，为了逃脱，它不得不忍受着钻心的疼痛，咬掉了自己的前爪。母狼已经不能捕猎了，况且现在是冬天，附近的森林里根本没什么猎物可捕，小动物都藏起来了，驼鹿已经迁徙到了安全地带。母狼的伴侣——那只灰狼独自外出捕猎，根本不能保证它们填饱肚子。

此时，在皎洁的月光下，那只灰狼正飞快地跑在灰泥岩石上。寒风吹过森林的树梢，灰狼站住仔细闻着其中的气味——风中没有任何气味，风没有告诉它任何猎物的信息。灰狼快速跑下斜坡，跳进黑暗的冷杉林中。尽管森林深处覆盖着松软的积雪，灰狼靠着宽宽的脚掌，还是能轻松地奔跑。灰狼很警觉，如幽灵一般悄无声息地穿过斑驳的树影，来到一片空地上。随后，它坚定地向西北方向跑去。

灰狼奔跑了很久，直到月光下它短小的影子变得很长。突然，灰狼嗅到风中有一种气味，立即停下脚步，一只脚没来得及收回去，停在半空中，它那灰色的、像刷子似的尾巴僵直地立起来；它仰起头，张大鼻孔，频繁而用力地呼吸这种夹杂着特殊气味的空气。不错，这是驼鹿的气味！离这里还很远，但灰狼确信自己不会弄错，毫无疑问，就是驼鹿！灰狼兴奋地向前跳跃了一步，鼻子依然仰得高高的，兴奋地闻着这种气味。

灰狼很快找到了驼鹿群走过的那条路，它仔细地观察这些脚印，判断出这群驼鹿中有小鹿，还有年轻的母鹿。灰狼希望可以通过某种手段，惊散这群驼鹿，趁机捉到一头小驼鹿。灰狼低下头嗅了嗅驼鹿的脚印，判断出这群驼鹿在自己前方，距离是大约一个小时的路程。现在，灰狼

精神大振，身子挺直了，大灰尾巴也直立起来，它做好准备向前奔跑，刚才它跑步的速度和现在比起来，就只能算是随意的闲逛了。

灰狼刚跑了几分钟，却又忽然停止，它转身向相反的方向跑，因为它闻到身后有更浓烈的驼鹿气味传来。这时候，小驼鹿的妈妈正趴在灌木丛中，俯身亲吻着被困的孩子。当灰狼顺着气味一步一步向它们靠近时，驼鹿妈妈闻到了危险的气息，它像被闪电击中一般全身发麻，它既害怕又愤怒，一下子站直了身体，瞪大了眼睛，低下额头，准备迎接挑战。

灰狼听到了驼鹿妈妈挑战的鼻息声，当它从灌木丛中站起来时，发现对方是个体形庞大的驼鹿。灰狼张开嘴，露出锋利的白牙，凶狠的眼睛中突然闪过一道绿色的幽光。不过，灰狼并没有立即跳起来发动攻击，驼鹿妈妈为什么远离鹿群单独出现在这里呢？灰狼很快就猜到，这里肯定有它的驼鹿宝宝。灰狼知道，一头成年母鹿要是发现自己的孩子有危险，就会变得勇猛顽强，成为一个危险的对手。灰狼也知道，尽管驼鹿妈妈没有鹿角，它要是不停地用头部撞击，那力气也大得惊人。面前的驼鹿很高大，它那飞快、锋利的蹄子以及无所畏惧的勇气都让灰狼心生恐惧。

其实，灰狼对自己的能力也很自信，况且已经饥饿难耐，但它还是强迫自己冷静下来，告诫自己：今天晚上不能贸然行动，躺在洞穴中的配偶还指望着它能打些猎物带回去呢！灰狼的配偶怀有身孕，还受了伤，行动不便，如果这次打猎自己也身负重伤，配偶和肚子中的孩子肯定会死得很惨。灰狼谨慎地围着那个隐藏的"陷阱"走来走去，与驼鹿妈妈保持着安全的距离。疲惫的驼鹿妈妈也来回走着，不停地用自己那庞大的身体和愤怒的表情向它发出警告。灰狼现在看明白了，小驼鹿被困在了"陷阱"里，驼鹿妈妈绝不会离开。灰狼往后退了几步，一屁股坐在地上，在心里盘算着下一步该如何行动。灰狼变得信心十足，一切对自己非常有利，凭借自己的耐心和熟练的捕猎技巧，这个猎物肯定能到手，岩石洞中的配偶和它肚子里的宝宝不会再挨饿了。

灵犀一点

　　灰狼为了养活配偶和即将出生的孩子而去捕猎。食肉动物不是吃掉其他动物，往往就是被其他动物或人类吃掉。野生动物世界的生存法则非常残酷，容不下太多温情。物竞天择，适者生存。

第三章 林区居民打猎

这位林区居民看着自己虚弱的妻子和孩子，心想：如果没有鲜肉给他们滋补身体，他们就很难长得健康结实……

当天晚上，几公里之外。月光透过一间简陋的小木屋的窗子，洒在一位脸色微黄、身材瘦削的林区居民亨利的脸上。他突然醒来，向敞开的壁炉里看了看，木柴已经所剩无几，他推测自己睡了足足有 6 个小时。初冬的太阳刚落下不久，他就上床了，一直睡到现在。

亨利坐起来，一伸胳膊掀掉了身上的被子，这条被子已经破烂不堪，是用红、黄、蓝三色和其他一些杂色方块碎布拼缝起来的。亨利久久地端详着熟睡中的妻子，她脸颊瘦削，淡黄色的头发披散在光滑的胳膊上，胳膊弯曲着枕在脑后。在月光的映衬下，她的双唇呈现出可怜的苍白色。亨利嘴唇边的胡子已经一个星期没有刮过了，他看着妻子的时候，嘴角不自觉地抽动起来。亨利悄悄地下了床，走过空荡荡的房间，月光让这个房间看起来更加简陋。亨利凝视着睡在一张小床上的儿子，他长着黄头发、圆脸蛋，胖乎乎的胳膊和腿都摆出一种很舒适的姿势。他忧心忡忡地发现，孩子也是脸色苍白。"他们两个都需要新鲜的肉来补充营养，"他自言自语道，"只靠咸猪肉和糖浆，他俩哪能健康呢！"

亨利用粗糙的大手摸了摸儿子的脸，又笨拙而温柔地摩挲着儿子卷曲的黄头发。随后，他套上一件厚实的打猎穿的灰衬衣，穿上笨重的裤子，系好皮带，再穿上三双自家织的袜子，蹬上笨重的鹿皮鞋，从长满青苔的墙上取下

来复枪、子弹袋和雪地靴，然后他温柔地看了看两个亲人熟睡的脸庞，就悄悄地溜出门外。"明天日落前，我一定会让他们吃上鲜肉！"他在心里暗暗发誓。

亨利来到屋外，用一只手扶着井边做工粗糙的杠杆式吊水设备，另一只手扶着做工更粗糙的牲口棚栅栏，在自己劈柴剩下的碎屑中蹲下身来，换上雪地靴。如果从远处看小木屋，小木屋像一个银灰色圆点孤独地立在雪地中，暴露在冬日寒冷的天空下。这位目光短浅的林区居民早就把小屋附近的树木全都砍光了，方圆几公里内都不见一棵粗壮的树。亨利系好雪地靴，站直身体，长舒一口气，将帽檐拉低些，又把来复枪扛在肩上，然后踏着月光出发了。

在古老的森林里，在寂寞的荒野中，一切都是随着时间的流逝慢慢向前发展。经常几天过去了，可能什么事情都没有发生；几个星期过去了，周围没有任何变化。力量有时候在默默集聚着，找一个看似寻常的日子集中爆发，也许是幸运，也许是厄运，会突然降临。

今天晚上，森林经历了一段时间的沉寂，力量已经集聚起来，要在某个角落集中爆发。这位林区居民看着自己虚弱的妻子和孩子，如果没有鲜肉给他们滋补身体，他再也无法忍受。亨利不是一位职业猎人，他一心耕种森林中那片属于自己的农田，不喜欢凭个人的喜好去猎杀动物。对他而言，有咸猪肉、蚕豆、糖浆和玉米粥就已经足够了，当然，有需求时，他也会拿起猎枪去打一点儿猎物。譬如今天晚上，他就成为一个完完全全的猎人，他那双眼睛睁得大大的，警觉地观察着周围的蛛丝马迹。这双眼睛里有一种火一样的东西，他的妻子和儿子看了，都会觉得很陌生。

亨利大踏步前行，穿过森林中的那片空地。他和灰狼走的方向一致，也朝东北方向走去。不一会儿，他也踏上了驼鹿群走过的那条路，只不过此时，他离灰狼到达的地方还很远。这条小路被踩得乱七八糟，一开始亨利没有在深深的驼鹿脚印中发现狼的足迹。后来，在一处平坦的雪地上，几个脚印引起了他的注意，明亮的月光毫无遮拦地照在这些脚印上，让这些脚印显得格外清晰。亨利蹲下来仔细地查看，确信有一匹狼离开这里不久，他的心脏加快了跳动。对于偶尔打猎的他来说，希望打猎时增加一点战斗的乐趣，有危险的对手，他兴致更浓。亨利加快了步伐，追寻着狼的踪迹一路飞跑。

灵犀一点

　　林区居民为了给家人补充营养，不得不去打猎。从前打猎是一种生存方式，猎人为了满足生活需要，不得不想方设法猎取野兽。当农业和畜牧业足以满足人类需要的时候，打猎活动就具有了多方面的意义。现在我们倡导保护野生动物，打猎一定要遵守法律法规，严禁一切偷猎滥杀活动。

第四章　被爱感动

猎人很了解，只要小驼鹿还困在"陷阱"中，一连串的子弹也不能把驼鹿妈妈吓跑……

亨利走到一片空地的时候，警觉地停了下来，藏在灌木丛后，观察周围的动静。他看到不远处有几棵铁杉树，还有一些低矮的灌木。在不远的前方，他终于看见了一只灰狼，更令他意外的是还有一头驼鹿。灰狼伸出舌头，挺直了身子坐在地上，心里盘算着如何把猎物弄到手；驼鹿黑色的身影也一动不动，它顽强地面对自己的敌人，臀部紧靠"陷阱"的边缘。猎人看到驼鹿不停地回头看，看起来非常焦躁不安。

猎人并没有看见"陷阱"中的小驼鹿，但他也明白了眼前的情况。灰狼的肉太粗糙，不是很好吃，但毕竟狼皮能卖

一些钱。至于驼鹿嘛，猎人很了解，只要小驼鹿还困在
"陷阱"中，一连串的子弹也不能把驼鹿妈妈吓跑。亨利稳
稳地端起枪，小心地瞄准目标，一声枪响，狼应声跳了起
来，然后身体挺直了倒在雪地上，四肢乱蹬着，却发不出一
点声音。子弹穿透了灰狼的脖子，灰狼那曾经凶狠无比的眼
睛开始变得黯淡无光，岩石中的狼洞也开始在它的脑海中消
失。不到半分钟，灰狼就躺在那里一动也不动了。

　　驼鹿妈妈不怎么害怕枪声，倒是被狼的跳跃和挣扎的
惨状吓着了，紧张地喷着气。驼鹿妈妈打量着狼的尸体，
心里产生了新的疑问，紧张地四处张望。这时候，它硕大
的身体侧面正对着猎人，猎人镇定地重新推子弹上膛，小
心地瞄准了驼鹿妈妈心脏的位置。子弹又一次射出来，划

破了四周的寂静。驼鹿妈妈发出像咳嗽一样的惨叫，向前跪倒在地，接着，它费力地、颤颤巍巍地站了起来，环顾四周，最后还是跌倒在地，头垂在"陷阱"的边缘，它用尽最后一点儿力气，伸长脖子，用笨拙的口鼻触摸着受到惊吓的小驼鹿的脖子，然后发出一声痛苦的呻吟，躺在地上一动不动了。

亨利从隐蔽处走出来，非常满意地查看着今晚的猎物。他仿佛已经看到妻子和儿子惨白的脸上重新有了光泽。他还想到，下次自己去十字路口的商店买玉米面时，还可以用狼皮和鹿皮从那里换一些妻儿喜欢的小玩意儿。

亨利感到高兴的是还有一头小驼鹿，小驼鹿的肉可是又鲜又嫩。他从刀鞘中抽出刀来，但他转念一想，他不能用刀杀死它，因为他不喜欢屠宰。他把刀放回原处，又把来复枪重新装好子弹，走到"陷阱"边上，看了看那个受困的小东西。此时，小驼鹿正凄凉地叫着，使劲往上抬着头，用鼻子去触摸已经死去的驼鹿妈妈的头部。

小驼鹿楚楚可怜的样子，驼鹿妈妈临死前拼命挣扎的样子，让猎人再次改变了主意。他把装满黑烟叶的烟斗放到嘴边，手托着下巴，默默地站在那里沉思了良久。"我还是把它留给儿子玩耍，养大它吧！"他自言自语，做出了决定。

灵犀一点

　　驼鹿是非常机警的动物。猎人开枪打死狼，听到枪声，驼鹿妈妈完全可以逃走，但它舍不得孩子，并没有离开。猎人被驼鹿妈妈的爱感动，没有杀死小驼鹿。世界上有数不清的爱，母爱最伟大。

储备食物的能手

第一章　北极有蓝狐

如果蓝狐不刻意在精神上武装自己，即便它有一颗无比坚强的心，都可能无法承受这里的孤独和寂寞，那它们会怎么做呢？

蓝狐一年四季身体都呈现出蓝灰色，它们生活在冰天雪地的北极地区，而那些和它们血缘比较近的冷漠高傲的红狐兄弟姐妹们，则生活在气候比较温和的地方。蓝狐并不喜欢这么偏僻荒凉的北极荒原，但好像除此之外，它们并不知道世界上还有其他地方。没有到过北极的人，很难想象出这里的景色，这里人迹罕至，广阔连绵的平原在低悬的天空下铺展开来，平坦的土地一直延伸到白雾笼罩的天边，似乎永远都没有尽头。如果蓝狐不刻意在精神上武装自己，即便它有一颗无比坚强的心，都可能无法承受这里的孤独和寂寞。在这样的环境里，聪明的蓝狐努力培养起与伙伴们的感情，它把舒适的洞穴安在平原上一片低矮的灌木丛下面，周围大约有 20 个伙伴的洞穴，它们像人类一样聚族而居。

北极的夏天很短暂，但是光线充足，太阳带着极大的热情来照耀这片孤独的荒原，想要弥补因自己不在而枯燥的日子。这时候蓝狐的生活是幸福的，到处都有丰富的食物。到了漫长、不见太阳的冬天，暴雪肆虐，狂风呼啸，黑夜漫漫，寂静突然降临，冰霜厚重，气候极为恶劣，好像是外太空难以计数的寒冷都涌到了世界尽头这片毫无防备的地方。蓝狐应对寒冬有两招——舒适的洞穴和充足的食物，即使外面是冰天雪地，白雪覆盖着的洞穴依然温暖舒适，另外，它们很有先见之明地储存下大量的食物。

北极的冬天很寒冷，很多动物都在煎熬中度过每一天，有些年老的熊在夏天捕猎不到足够的食物，冬天无法冬眠，性情变得更加烦躁易怒，常常只能饿着肚子在黑暗中游荡。狼群为了不让自己枯瘦的身体饿扁，也不得不在冻土地带游荡着碰运气，看能不能找到一点吃的东西。有先见之明的蓝狐却不会害怕寒冷或者饥饿，它们把洞穴建在一块干燥的沙土下，那样子看起来就像是潮湿的苔原海洋中的一座2公顷大小的小岛。小岛不够高，不能完全定义为小山，表面上看来只不过是广阔的平地上一块凸起的小地方。蓝狐是高明的建筑师，它们的洞穴高度足以保证它排水良好，而且还能确保洞穴附近植物的生长，此处各种各样的药草和灌木长得比苔藓覆盖的平原上茂密。在它们洞穴中的房间，可以在周围的一小片草皮和草坪间的空隙中，尽情享受短暂的夏日阳光。北极的夏天也可能会热得融化冰雪，但它热情如火的手指，却永远触不到几米深的地下冻土带。因此蓝狐并没有将洞穴挖得很深，而喜欢让它稍微倾斜，房间在灌木丛的根部下面半米多一点。洞穴用精选的干草铺得整齐漂亮，蓝狐和它的家人们总是极力保持干净，洞穴内总是温暖干爽、温馨舒适。蓝狐在洞穴里过着没有日夜之分的日子，耐心地等待着春夏的来临。

灵犀一点

　　蓝狐生活在气候恶劣的北极荒原，它们和同伴一起生活，对抗孤独，用舒适的洞穴和充足的食物来度过严酷的冬天。未雨绸缪，有备无患。就像蓝狐一样，只有提前储存好入冬的食物，在冰天雪地的日子，才能衣食无忧。

第二章　北极猫头鹰

蓝狐的眼神忽然落到灰白的地平线上，它发现一只长着宽大翅膀的鸟在沼泽地的上空低飞，这是什么呢？

北极的春天很短暂，几乎可以忽略不计，冬天过后很快就是初夏了。这是一个漫长的下午，万里无云，光线明亮，比较温暖。药草和各种灌木的嫩芽似乎都在努力生长，希望引起人们的注意，不知名的花朵也竞相开放，好像在忙着迎接热切的蛾子和苍蝇的亲吻。

此时此刻，这片北极荒原的广阔天地不再孤独寂寞，到处是一派生机勃勃的景象。筑巢的灯芯草雀和白颊鸟在热闹的草木中欢快地叽叽喳喳叫个不停，缓缓流淌的小溪曲折地穿过沼泽，一群野鸭沿着小溪那明亮的岸边走来走去，它们大声叫嚷着，似乎是在寻找伴侣，还有的野鸭在小溪里忙着捕食。池塘中央一个芦苇丛生的小岛上，距东边近一公里的地方，一对漂亮的白天鹅筑起了自己的巢，不屑于藏匿自己的行踪，尽情地展示着自己的幸福。距小岛西边1.6公里左右的地方，一群北美驯鹿吃着刚长出的青绿的嫩芽，慢慢向北移动。昆虫发出嗡嗡的声音，小旅鼠沿着自己在茂盛浓绿的水藓下的秘密通道，发出匆匆的脚步声和低低的吱吱声，这些声音充斥在没有风的空气里，仿佛一种缥缈的乐声。一只蓝狐蹲坐在离洞穴入口不远处，在阳光下懒洋洋地眨着眼，看着一旁自己的毛茸茸的狐狸宝宝嬉戏，身材修长、年轻美丽、有着灰蓝皮毛的狐狸妈妈在洞口进进出出。蓝狐看到自己那些同类的家庭，分散在这一小片裸露的领地周围，它们也都无忧无虑地做着自己的事。

　　蓝狐生性聪明机警，这只蓝狐更是同类中的佼佼者，现在的它表面上看起来无忧无虑，却从来没有忘记这宝贵的自由来自时时刻刻的警惕。蓝狐的眼神突然落到灰白的地平线上，它发现一只长着宽大翅膀的鸟在沼泽地的上空低飞。这只鸟飞得很慢，翅膀不慌不忙地扇动着，但动作很敏捷，它马上意识到飞来的是什么。蓝狐长期生活在北极地区，对这里的鸟类仅凭飞行方式就能判断出是什么鸟。用这种方式飞翔的，不会是天鹅，不会是黑雁，也不会是在内陆徘徊的鸟。蓝狐叫一声，发出警告，尖叫声立刻回荡在整个蓝狐领地周围，正在玩耍的小狐狸们要么立刻跑回洞穴里，要么紧紧贴在妈妈身边，都蹲坐着，用明亮的眼睛好奇地盯着这个长着大翅膀的飞行物。

蓝狐像大多数成年的伙伴一样，并不畏惧这个飞行物，它的眼睛一刻也没有离开这个扇动着翅膀上下翻飞的身躯所走的路线。这是一只北极猫头鹰，白色的羽毛夹杂着巧克力色，其他地方的猫头鹰一般都在树上生活，大都在夜晚出来捕食，而北极猫头鹰只在岩石上建造自己的巢，白天黑夜都可以出来活动。这只猫头鹰看起来正在以一种很悠闲的方式捕猎，它好像已经吃饱了，捕猎似乎只是为了寻找乐趣。猫头鹰径直冲向狐狸的领地，飞得越来越低，直到蓝狐开始绷紧肌肉，准备等猫头鹰靠近到可以触及的时候，就跳起来咬住它的喉咙。猫头鹰经过蓝狐头顶的时候，半张着那可怕的鹰钩嘴，那双充满野性的大眼睛像宝石一样明亮，像阳光下的玻璃一样耀眼，它怒目俯视着下方，一声不吭，虎视眈眈地与蓝狐对峙着。

猫头鹰在低空盘旋，蓝狐在地面上严阵以待，只要猫头鹰低到蓝狐能够到的范围，蓝狐随时准备咬住猫头鹰的喉咙。尽管猫头鹰勇气十足，但还是不敢攻击任何一只镇定而警惕的蓝狐。猫头鹰在蓝狐的领地上空飞了半圈，接着就朝白天鹅所在的小池塘飞去。猫头鹰刚到池塘边，就猛地冲向一片芦苇丛中，一两秒钟过后，它再次振翅起飞，爪子上夺拉着软绵绵的鸭妈妈的身体。这个不幸的鸭妈妈在孵蛋的时候发现猫头鹰飞来，吓得发出嘎嘎的叫声，正好被逮住了。在这个掠食者的身后，受惊的水鸟纷纷尖叫起来，引起了一阵巨大的骚动。小岛上的天鹅和地上的蓝狐知道暂时没有危险了，它们很平静、很冷漠地看着猫头鹰飞走了，继续觅食或者嬉戏。

灵犀一点

北极猫头鹰是很凶狠的猛禽，它想攻击蓝狐，但还是被蓝狐的勇敢和警惕震慑了。勇敢是迈向成功的第一步，即使成功的机会很小，但是不敢作为、不去作为是绝对不可能取得成功的。因此，我们从小就应该培养勇敢的精神。

第三章　蓝狐的冰窖

蓝狐蹲下身子像猫一样慢慢向前移动，一会儿，它又以飞快的速度，忽然轻盈地向前一跃……

刚才跑回洞穴的小狐狸们又出来了，它们重新跑出来嬉戏。正在晒太阳的蓝狐蹲在地上看了一会儿这些可爱的小家伙，不久它心中就涌上一种不安的感觉，总觉得有些任务还没有完成。蓝狐不是饿了，因为荒原上现在很热闹，到处是筑巢的鸟儿、成群的旅鼠，所以捕食是一件很容易的事情。蓝狐也不必帮助自己的妻子，妻子每天都忙忙碌碌，却能很轻松地照顾好孩子们。但是蓝狐的脑海里一直出现那些漫长艰苦的北极黑夜的记忆，那时候，整个世界的门都像是忽然在这可怕的严寒面前关上了，雪地里除了几只鹧鸪看不到别的鸟，胖胖的旅鼠在它们那些上方已经冻结的隧道里会很安全，蓝狐仅靠那些聪明的猎食技巧，几乎无法让自己摆脱饥饿的威胁。在春天最初懒洋洋的安逸日子中，它把那些饥荒季节的记忆抛在了脑后，每天吃饱了就到处游逛，现在它想起来必须为饥荒的季节储备食物了。蓝狐站起来，努力克服得过且过的想法，舒舒服服地伸了伸懒腰，就轻快地一阵小跑，来到南边的冻土地带。

　　蓝狐小心地择路而行，穿过大片的水藓，它蹑足而行，走起路来几乎不发出一点声响。蓝狐走到了一片苔藓泽中，这里到处充满了窸窸窣窣和吱吱的声响。蓝狐蹲下身子像猫一样慢慢向前移动，一会儿，它又以飞快的速度，突然轻盈地向前一跃，头和爪子就消失在苔藓中了。蓝狐迅速蹿到了一条长满水藓的隐蔽的小路上，随后抬起头，它已经叼着一只胖乎乎的旅鼠了。它放下战利品，开始满意地打量起这个身子圆滚滚的小东西。旅鼠身长约15厘米，灰白的毛夹杂着锈红色，有一条可怜的小尾巴，前爪长着很夸张的脚趾，可能为了走长满苔藓的路更方便。有那么几秒钟，蓝狐用爪子玩了小东西一会儿，就像它的一个孩子玩小猎物那样。然后蓝狐想起自己手头还有重要的事要做，就叼起小旅鼠，跑到熟悉的一个地方，就在小岛的边上。

现在，蓝狐充分地意识到一件事，这件事是它吸取经验教训而铭记于心的——在这样温暖的天气里，如果不尽快吃掉捕杀的猎物，猎物很快就会腐烂。但是蓝狐也不可能把所有的猎物都吃掉，必须以一种合理的方式来处理，那就是想办法把现在捕捉到的猎物储藏起来，它知道在北极地区现在仍然可以冷藏。蓝狐在松软的土地上给自己挖了个小地窖，里面的地面是那些永恒的冰冻层，这里的温度足以起到防腐的作用，它把肥胖的旅鼠的尸体埋在这里。蓝狐又去捕捉了几只旅鼠，一趟一趟地运回来，都放在这个储藏窖中，把草和灌木轻轻地盖在上面，免得被别的动物看到。蓝狐觉得捕猎很轻松，心情也好，那天一共捉了 5 只旅鼠，都放进这个储藏窖里。

第二天和第三天，北极暴风雨又一次横扫了整个平原，大雨滂沱，抽打着地面，天空充满了层层黑色的水汽，聪明的蓝狐这时就躲在自己的洞穴里。不一会儿，太阳又出现在这片荒原的上空，蓝狐继续出去捕猎，它很会安排时间，没有用任何方式强迫自己，也没有刻意省下自己的食物或减少偷懒、玩耍的时间。蓝狐处理食物供给的问题很有成效，在这几周时间里，它的储存库就满满当当了，大概有40多个猎物。它的猎物主要是旅鼠，曾经活蹦乱跳的它们现在都在蓝狐的冰窖里了。蓝狐一直把猎物摞到顶端，再在上面铺了些草根、草皮和其他的干草木，这些东西不会被冻成大冰块，冬天来临，到处都是冰天雪地时，它可以很容易挖开取食物。为了使它的冰窖更隐蔽，它又在草木顶上铺了些松土和灌木。

灵犀一点 🖤

蓝狐在食物充足的夏天就想到要为冬天做准备，它把捕捉到的猎物储存在冰窖里。居安思危，只有提前做好各方面的准备，在困难来临的时候才能从容面对。

第四章　小蓝狐长大了

小蓝狐都还没成熟到具有自己建洞穴的责任意识和远见，离开家后摆在它们面前的似乎只有一件事情……

夏天的时候，蓝狐和它所有的伙伴们一样，建了很多这种储存食物的冰窖，等到一群群鸟儿向南飞去，预告夏天就要结束了，这时候，食物供给的问题就再也不会困扰它了。北极地区，每天有阳光的时间也越来越少，当减少到一两个小时的时候，沼泽地都被冻得像石头一样坚硬，北风呼啸，吹来了细小的雪花，然后又随意地把雪花吹成雪堆。这时候蓝狐还不需要动用它冰窖里储备的食物，而是高高兴兴、一心一意地为日常所需而捕猎。北极的野兔仍然很多，没有因为无休止的捕猎而消失，野兔是些腿长灵活的小动物，它们常常靠着奔跑躲避天敌的追杀，但对于像蓝狐这样体力和勇气俱佳的猎手而言，捕食野兔绝不费力。

随着冬天来临，蓝狐的家族跟这片领地上的其他家族一样，成员实际上都减少了。所有的小蓝狐虽然还不够聪明，但都已经长大，都离开了这里。当家里没有足够的空间和食物养它们了，蓝狐妈妈觉得孩子这时已经具备了学习独立生存的能力，如果错过了这个时机，它们的生存机会将会迅速下降而被淘汰。虽然蓝狐爸爸和妈妈都很好说话，但在这件事上它们却很坚定，没有商量的余地，小蓝狐都被赶出了家门。小蓝狐都还没成熟到具有自己建洞穴的责任意识和远见，离开家后摆在它们面前的似乎只有一件事情，就是它们只能跟踪那些向南迁徙的猎物，一边捕猎，同时还能走到暖和一点的地方。自然界的竞争非常残酷无情，这个冬天它们当然会过得很艰难，有一些小蓝狐会因为各种原因不久后死去。如果小蓝狐善于捕猎，又有足够的运气避开捕兽夹和追随它们而来的各种天敌，那么它们就会迎来第二年的春天，那时候也会变得成熟，有智慧，有经验，会建自己的洞穴，也会安定下来，为在北极的家庭生活负起责任，重复它们父辈的生活。

小蓝狐都离家了，家里只有蓝狐和它的伴侣，如果它愿意的话，就可以舒服地睡在自己干燥温暖的洞穴里，它知道自己已经储备了足够的食物，心里很踏实，也不用惧怕外面的寒冷带来的巨大威胁。太阳完全消失的时候，可怕而神秘的北极黑夜就会牢牢地笼罩整个荒原，猎物越来越少，动物们的胆子也越来越小。蓝狐有时候实在耐不住总待在家里的寂寞，也会跑出去捕猎，即使像蓝狐这样聪明机灵的猎手，也可能搜寻一整天，最后连一只雷鸟或一只野兔都没有抓到。现在野兔和雷鸟一样，在这个季节皮毛都是白色的，事实上，假如蓝狐自己在追踪猎物的过程中仍然是夏天的装扮，那么它捕到猎物的机会就更小。随着冬雪的降临，蓝狐的毛很快变成了近似白雪的颜色。蓝狐谨慎小心，它那灵敏的鼻子和无比轻盈的脚步，有时候甚至会吓晕灵活的野兔。它也常常靠这种

方式抓到雷鸟，趁受惊的鸟儿扑扇着翅膀要飞走时，一把抓住鸟儿。当然，在冬天捕猎时，蓝狐虽然常常空手而归，但它绝不会因此而闷闷不乐。蓝狐在追猎物的时候很兴奋，在坚硬的雪地上奔跑时伸展自己健壮的肌肉，它有一种满足感。

北极荒原的冬天不仅没有太阳，天气恶劣的时候还很多，在暴风雪来临的时候，乌云低低地压下来好像快要碰到地面了，整个世界一片黑暗。从北极吹来的凛冽寒风，感觉比死亡更痛苦，向南呼啸着吹来漫天飞舞的片片雪的精灵，这时蓝狐就会跟已经长上厚厚皮毛的伴侣心满意足地待在洞穴深处，身边有充足的食物供它们享用，那些离开家的小蓝狐们则在荒野中挣扎着求生存。

灵犀一点

小蓝狐长大后，被爸爸妈妈赶出了家，独自捕猎并应对随时可能遇到的各种危险。我们应该从小培养独立生存的能力，在成长中逐渐精神独立、人格健全。

第五章　群战狼獾

狼獾的胃口很大，还没等它完全填饱肚子，中途就被打断了，蓝狐来了！接下来会发生什么呢？

蓝狐大多时候都过着快乐的日子，但它也有担心和忧虑。蓝狐有两个既强大又狡猾的敌人——狼和狼獾，它们所带来的威胁常常萦绕在蓝狐的脑海中，挥之不去。狼虽然不够灵活，但是力气可比蓝狐大多了，狼对蓝狐恨之入骨，认为自己屡次受到蓝狐的戏弄，狼随时准备着捉住蓝狐，来填饱饥肠辘辘的肚子；狼獾的狡猾程度超越了自然界其他所有的动物，它不想费力气和蓝狐争斗，而是永远都在搜寻蓝狐储备的食物。

狼獾的性格孤僻忧郁，行动缓慢，它喜欢独来独往，在任何天气中都能出来猎食，甚至对北极的暴风雪都毫不在意。有一天，一只狼獾出来觅食，寻觅了很久也没发现猎物的踪迹，幸运的是，它偶然发现了蓝狐的一个储藏窖。狼獾飞快地刨去落在上面的雪后，很快就意识到里面藏着什么，紧接着便开始挖了起来。相对于捕猎，这真是项异常简单的工作，狼獾用短小有力的前爪刨得干草皮和尘土到处飞扬，很快就找到了藏冻旅鼠的地方。狼獾挖出几只旅鼠，狼吞虎咽地吃起来。

狼獾的胃口很大，还没等它完全填饱肚子，中途就被打断了——蓝狐来了！原来，虽然暴风雪一直在洞穴外面的世界肆虐，但待在洞穴里面的蓝狐就像是听到了恶魔的召唤，它坐立不安，飞奔出去查看储备的食物，发现狼獾已经把头伸进了那个自己精挑细选的储藏窖中。蓝狐火冒三丈，恨不得马上冲上去拧断狼獾的脖子，但它还没有失去理智，现在的情形处理起来很棘手。蓝狐知道，如果仅靠自己的力量，根本就不是狼獾的对手；再说了，即使狼獾认识到自己的偷盗行为很不光彩，暂时落荒而逃，但狼獾是个很贪婪的家伙，它还会找机会再回来，在这周围转来转去，很可能会吃掉附近蓝狐们储藏的所有食物。想到这里，蓝狐悄悄地退回来，以最快的速度叫上离得最近的几个洞穴里的蓝狐。

不到两分钟，12 只愤怒的蓝狐出动了，离开温暖的洞穴，冒着暴风雪，它们趁狼獾正享受美食的时候，怀着复仇的愤怒，一拥而上。狼獾跳出储藏窖进行凶猛的反击，蓝狐们分别找准狼獾的一个部位进行攻击，它们紧密地团结在一起，狼獾当然不是一群蓝狐的对手，最后它被蓝狐们撕成了碎片。经过一场激烈的厮杀，这群蓝狐也筋疲力尽，但毕竟成功地保护了自己的劳动成果，它们带着胜利的喜悦回到了各自的洞穴中。

灵犀一点

单者易折，众则难摧。一个人的力量是有限的，团队的力量是无穷的。蓝狐也明白这个道理，它和伙伴们一起战胜了狼獾。

第六章　群狼的追击

一次逃命的机会无论多小，都足以使它鼓起勇气，它满怀希望拼命地跑，一会儿工夫，就觉得肺像要着火似的，结果会怎样呢？

蓝狐的第二个敌人是狼，与狼獾相比，狼的危害更大。整个初冬，周围都没有出现狼的踪影，北美驯鹿走过的痕迹把它们都引到东边很远的地方去了，狼更喜欢追着驯鹿捕猎。当然，也不是所有的狼都这样，有些性情孤僻的狼喜欢独来独往，捕猎的习惯往往也不合常规。也有的狼群选择一直留在北极的荒原地带，即使在黑暗的极夜也会出来捕猎。

有一天，天空出现了绚丽多彩、美妙绝伦的极光。蓝狐走出洞穴，在雪地上追赶一只野兔，突然听到从一片闪着极光的草丛、蔷薇和紫罗兰丛下面传来异样的声音,这是一阵有些颤抖的尖厉的吼叫。它立刻停下脚,对追赶野兔完全失去了兴趣。蓝狐向后望去,看到一些灰色的身影在晃动的光线中敏捷地移动,仿佛一片死亡的阴影在跟踪自己。蓝狐一眼就看出是狼,但它来不及多想,赶紧拉长身子,肚子几乎要贴到地上,朝自己的洞穴飞快地跑去。那些跳动的极光,形成一道道拱形,不断地变幻着颜色,好像在蓝狐孤独绝望的飞奔中弯下了腰。

蓝狐的奔跑速度也很快,但和四肢修长的狼比起来还是稍逊一筹,何况冬天的狼骨瘦如柴,它们为了活命会拼出全身力气去追捕猎物。蓝狐知道,假如眼前的这场赛跑路途漫长,就只能有一种结果。蓝狐一边跑一边向后瞧了一眼,发现那些灰色的身影就要追上自己了,但它也知道离洞穴不远了,就觉得自己还有机会。一次逃命的机会无论多小,都足以使它鼓起勇气,它满怀希望拼命地跑,一会儿工夫,就觉得肺像要着火似的,但它还是想到附近也可能有在洞穴外的伙伴。于是,蓝狐努力呼了一口气,发出一声尖叫,提醒伙伴们危险要来了,尖叫声在寂静的旷野中传出很远,不仅是它的狐狸伙伴,其他的小动物也赶忙使出自己的绝招逃命去了。

狼群越追越近,逃亡的蓝狐甚至能听到它们强有力而无情的脚步声，又过了半分钟，就连群狼有规律的呼吸声和咬牙发出的咯吱声也能听到了。蓝狐并没有回头看，只用耳朵听就足以了解情况了，现在一秒钟的疏忽都可能付出致命的代价。终于，蓝狐跑到了离它最近的一个洞穴，虽然这个洞穴并不是它的，但它似乎已经被那可怕的声音吓坏了，脑海中一片空白，只顾往洞穴里跳去，它的身影消失时，那些钢铁般的嘴朝着它的尾巴咬牙切齿。

失望的群狼一齐嗥叫了一阵，突然收住了脚步。它们开始后退，屁股着地坐下来。头狼开始挖起洞穴来，其他狼也分散开来，试着去挖这片领地上其他的洞穴。蓝狐也在伙伴的洞穴里坐下来，它现在上气不接下气，却面带嘲笑露出锋利的牙齿。蓝狐知道没有一只狼的爪子能挖得动洞穴入口周围那些已经冻得坚硬无比的泥土。群狼对着蓝狐的洞穴折腾了好一会儿，发现它们确实坚不可摧，只好放弃了。群狼还不甘心，在周围转来转去，终于发现了一个储存食物的冰窖。它们为里面储存的为数不多的美食争抢了一阵子，食物都吃完了，还是饥饿难耐，但它们也意识到，在这四周等着蓝狐出来简直是妄想。明智的老头狼重新整好队伍，带群狼去别的地方寻找食物了。等到群狼"噔噔"的脚步声消失后，周围所有的蓝狐都走出洞来，它们坐在摇曳的极光下，镇静、高傲、轻蔑地注视着那些可怕的身影慢慢消失。在自然界残酷无情的争斗中，这些储存食物的能手又一次取得了胜利。

灵犀一点

　　当机会滑过指尖的时候，无论如何都要抓住它。勇敢的蓝狐抓住机会，逃脱了群狼的追捕，并及时向伙伴们发出了警报。

北方的召唤

第一章　小熊的安乐窝

无比恶劣的自然环境下，一头小白熊降生了。小熊感觉不到外面世界的寒冷和难以形容的荒凉……

北极漫长的黑夜里，充斥着神秘的黑暗和刺骨的严寒，似乎只有死神才是这片白雪皑皑、广袤而寂静的世界里唯一的主宰者。

猛烈的北极风正横扫过这片荒无人烟的广袤区域，大风裹挟着冰雪，冰雪随风起舞、回旋，每一片都像利刃般锋利，却又像水晶一般清澈透明。北极星在正北方岿然不动，仿佛它便是这场毁灭性风暴的指挥者。即使风停了，严寒仍然笼罩着这片被遗忘的土地，令人恐惧的寂静又卷土重来。有时候，星光会突然暗淡下来，而北极光则出现了，犹如幽灵般的火焰，时而是蓝色，时而是紫色，时而又呈现出不易察觉的淡红色。苍穹之下，死一般的寂静中，美丽而神秘的色彩翩然起舞。

无比恶劣的自然环境下，一头小白熊降生了。小熊感觉不到外面世界的寒冷和难以形容的荒凉，看不到一成不变的黑夜、惨淡而冰冷的星光和神秘的极光。熊妈妈把洞穴搭建在两块岩石之间，上面覆盖着很厚的积雪。这头小熊是妈妈的独生子，此刻正舒适地偎依在熊妈妈毛茸茸的怀抱里，躲避着外面黑暗而寒冷的世界。

熊妈妈大部分时间都在睡眠中度过，它在夏季已经积累了足够厚的脂肪层，这些脂肪附着在它的肋骨上，为它庞大的身体源源不断地提供能量。在这个温暖的安乐窝里，小熊大部分时间也用来睡觉。不过，小熊会时不时地醒来吃奶，在熊妈妈充足而营养丰富的奶水滋养下，小熊以惊人的速度成长着。

日复一日，黑夜渐渐被黎明所取代的时候，熊妈妈依然在睡梦中，它的身体一天天消瘦下去。小熊也依然在睡觉，但它在不断成长，它的个子长高了，身体强壮了，为将来应对残酷的冰雪世界做准备。

在这个空荡荡的冰雪世界里，只有风暴和寂静的交替、星光和曙光的轮回。那些勇于挑战严寒和黑暗的动物选择待在海边，覆盖着冰面的巨大海域总有一些洞可以让它们透透气。在那里常出现海象和海豹，也常常有凶残的成年公熊因为饥饿从冬眠中醒来，到处鬼鬼祟祟地寻觅食物。

聪明的熊妈妈在冬眠之前，为了给未来的宝宝一个安全舒适的家，在内陆地区四处巡查了很久，才找到这个安全的地方。熊妈妈顺利地生下宝宝，在整个冬天，它都能够安全地冬眠，它们的安乐窝没有被动物骚扰，只有两次有小动物偶尔经过，也并无威胁。有一次，一只白狐从熊窝上面经过，谨慎地嗅了一下那厚厚的积雪，下面传出来淡淡的、带有威胁性的气味；还有一次，一只大型的北极白鸮静静地扇动着翅膀，经过此地向南飞去，搜寻消失的松鸡。

灵犀一点

北极是指北极圈以内的广大区域，北极地区是不折不扣的冰雪世界，有无边的冰雪、漫长的冬季，北极与南极一样，有极昼和极夜现象，越接近北极点越明显。北极地区最有代表性的动物是北极熊。在恶劣的自然环境中，小北极熊生活在妈妈精心准备的安乐窝里。

第二章　熊妈妈捕猎

　　遇到这些情况，如果熊妈妈无法在附近的山谷中享用一顿素食大餐的话，它只好到海里寻觅食物……

　　北极的黎明姗姗来迟，又过了很长时间，漫长的白昼开始了，北极的春天终于来临。躺在洞穴里的熊妈妈，心中仿佛听到了春天的召唤，它猛然惊醒，从柔软的将要融化的白雪中走了出来。熊妈妈带着自己的幼崽，来到外面依然荒凉的白色世界，它们径直往东走去，奔向辽阔的海岸。此时的熊妈妈已经饥肠辘辘，十分憔悴，它的体力也消耗殆尽了。熊妈妈走得很慢，这样可以让小熊慢慢适应外面的环境，这对小熊来说既新鲜又有趣。

　　巨大的冰川沿着海岸绵延数公里，然而，海流和风浪已经开始侵蚀这些冰川。在日益强烈的阳光下，蓝色的海

浪似乎正一口口吞噬着冰川，北极的各种动物也开始聚集
到这里。海鸟们大声喧闹着，寻找自己的配偶，它们时而
向海浪里俯冲，时而转着圈子飞翔，或者成群结队地落到
黑色的岩石上，摇曳着它们灰白色的身躯。成年海象在海
面上随着海浪起伏，抬起它们长着大长牙的脑袋，目光凶
悍，警戒地盯着辽阔的海面。在蓝白色的冰川边缘，海豹
一边晒着太阳，一边叫着，它们看起来悠闲自得，但眼睛
始终警惕着周围潜藏的危险。

太阳重新照耀着这片冰雪之地，无数生命再次汇聚在
这里，其中也包括北极熊妈妈和小熊。小熊紧跟在妈妈的
身后，欢快地挪动着脚步。熊妈妈潜行在层层坚冰的后
面，从一个庇护所匍匐到另一个庇护所，它脚上长着长长

的毛，脚步又轻，就像雪地里的幽灵一般悄无声息。熊妈妈不知疲倦地捕食猎物，很快就有了成果：一些没有经验的年轻海豹，懒洋洋地依靠在大块的冰上晒太阳，熊妈妈就从巨大的冰块后面发动袭击；有时候，一只塘鹅饱餐过后在岩石上打瞌睡，熊妈妈会突然出击捕获它；有时候，熊妈妈会迅速跳入海里，用强有力的前爪捉住一条大鱼。捉鱼是一种有意思的尝试，大多数时间，熊妈妈主要猎食海豹等动物，偶尔换换口味也不错。

日照时间不断变长，大地回暖，意味着一年之中短暂而重要的北极极昼将要来临了。温暖的阳光尽情地倾泻在冰原上，似乎要竭尽全力把握住它对这片土地短暂的主宰。山谷中，朝阳的那片斜坡上，积雪逐渐消融，大量的苔藓、地衣和其他植物的根和幼芽显露出来，对北极熊来说，吃些植物是不错的选择，有时候它们也会吃腻了肉食。

捕猎并不总是一帆风顺，毕竟熊妈妈需要喂饱娘儿俩，需要大量营养的小熊不断地消耗着熊妈妈的体力。有时候，海豹异常警觉而胆怯；海鸟放肆地大声叫嚣，就是不肯落下来；鱼类则固执地待在它们更钟爱的、远离海岸的水域中……遇到这些情况，如果熊妈妈无法在附近的山谷中享用一顿素食大餐的话，它只好到海里寻觅食物。

　　到海里觅食，熊妈妈的目标主要是海豹，如果在岸上，想要接近那些海豹而又不被它们察觉，是十分困难的。想在海里捉住海豹也不容易，熊妈妈靠的是出色的游泳技能、耐心和智慧。熊妈妈会悄悄潜入海水中，缓慢地径直向前游去，它把身子潜得很深，在岸上只能看到它的嘴巴，这种缓慢游动，在海面上泛起的细小波纹并不明显，即使是最敏锐多疑的动物也不易察觉。熊妈妈游过冻结着海藻的碎冰，游过岩石，游过跳动的水花，海浪和大风都不能分散它的注意力。海豹们只留意陆地方向的危险，总觉得海洋是安全的地方，因此它们也不会去仔细查看海浪中漂浮而来的黑点儿，对它们来说，这太微不足道了。靠近礁石时，熊妈妈精准地测算一下自己与那帮正在享受阳光的海豹们的距离，然后深吸一口气，潜入水下，全速向前游去，等到达礁石的边缘时，它便会奋力跃起，向前方进攻。熊妈妈用自己强有力的熊掌击打最近的一头海豹，速度极快，那头海豹至死都不知道袭击者来自何方。

灵犀一点

　　各种生物通过一系列捕食与被捕食的关系，彼此联系起来形成序列，这种序列在生态学上被称为食物链。白熊在北极的食物链中处于顶端，即便如此，白熊要想成功捕获猎物，也不容易，白熊妈妈为了生存也需要苦练捕猎本领。

第三章　捕猎失败

海象动作笨拙，但它身体庞大，力大无穷，任何对手都不敢怠慢它……

熊妈妈的捕猎并非总是顺利，特别是有一天，它遭遇了重大的挫折，差点让熊宝宝没有了妈妈。小熊躲在一座坑坑洼洼的冰山后面，目睹了整个过程，这次经历给它上了终生难忘的一课：在野外，永远都不能让自己只专注于眼前的事，而对可能来自背后的威胁放松警惕。

那是食物非常匮乏的一天，几乎所有的动物都十分警惕，熊妈妈和小熊又在远离植物的地方，它们没有找到任何食物。

在一座小冰山的边缘处，两头小海象正在晒着它们那滚圆油亮的身子，它们的妈妈则在附近的海水中游来游去，不时地发出愉快的哼哼声。熊妈妈虎视眈眈地注视了它们一会儿，接着故意转过身去，若无其事地站在远处，小熊则安心地靠在妈妈身边。

熊妈妈一旦躲过了海象们的视线，便加快脚步，轻手轻脚地来到小海象晒太阳的小冰山后面，小熊奋力追赶才能跟上妈妈的脚步。风缓缓吹过，熊妈妈长满绒毛的大脚掌没有弄出一点儿动静，小海象们也没觉察到大熊就在它们后面不远的地方。熊妈妈谨慎地观察对手的一举一动，寻找动手时机。这时，它发现有一头成年海象从水里爬上来，躺在小海象旁边准备午睡。熊妈妈缩回头来，以更隐蔽的方式继续前进，终于到达了它认为可以进攻的位置。熊妈妈在离海象不到 10 米的地方，几乎可以听见冰面上海象沉重的呼吸声，还有水中海象喷水的声音。随后，熊妈妈把目光转向小熊，确定孩子领会了自己的意思——老老实实地待在原地，等着它把猎物带回来。然后，熊妈妈汇聚了全身所有的力量，就像一支离弦的箭一样，从藏身处冲向那些毫无防备的海象。

浑身雪白的熊妈妈如同一团死亡阴影，毫无征兆地笼罩在海象们身上。那头成年海象和一头小海象被惊醒，它们本能地转过身，敏捷地跳进了大海。然而，另一头小海象就没那么幸运了，它挣扎着向海边爬着，发出了绝望的尖叫声，似乎明白自己已经无力与命运抗争。熊妈妈一掌打断了小海象的脖子，小海象笨拙的四肢软绵绵地张开，身体松松垮垮摊在冰面上。熊妈妈紧紧地抓住死去的小海象，开始把它从海边往自己来的方向拖动。

就在这个时候，熊妈妈注意到身后有动静，一头成年海象正缓慢、笨拙地爬过来。熊妈妈草率地认为那是死去的小海象的妈妈，并没有太在意。北极熊不屑于把母海象当成敌手，不过，作为猎物那就另当别论了。熊妈妈或许想稍后再来对付这头母海象，为自己和孩子多储备一些肉食。然而，熊妈妈大意了，如果它能及时回头看一眼就会发现，一头皮肤粗糙的灰棕色雄海象正向它奔来。这头海象身体硕大，有锐利的尖牙，面容凶悍而冷酷，挥动着那强健的前肢猛然跳到了熊妈妈的身后。

　　小熊躲在冰山后面看到了这一幕，幼小无知的它并不知道妈妈已经身处险境。海象扑上前去，冲撞熊妈妈的后腿，把它挤到了冰山上。接着，海象又用长牙攻击它，熊妈妈虽然侥幸地躲过了海象的正面攻击，但它的右肩还是被划开了一道大口子，伤口很深，流出了鲜红的血。熊妈妈痛得长啸一声，转身注视着浑身湿淋淋的对手，愤怒地展开反击。熊妈妈用有力的前肢和铁爪似的熊掌对海象发起一次又一次攻击，但是海象的皮肤就像很多层耐磨的皮革一般，非常有韧性，熊妈妈每次猛烈的进攻都没有对海象造成致命的伤害，却使自己的伤口血流如注。海象的小眼睛里充满愤怒，它一次又一次暴跳着予以回击。海象动作笨拙，但它身体庞大，力大无穷，任何对手都不敢怠慢它，况且它还有锋利的长牙随时可能置对手于死地。海象一边战斗，一边咆哮，它剧烈的喘息如同大风呼啸的声音。此时，其他海象却在沿岸的水中缓缓游动，惊恐地注视着这场战斗。

　　熊妈妈由于最初的失误，导致自己越来越被动，它疼痛难忍，跑起来一瘸一拐的。尽管如此，笨拙的海象要想完全打败它也是不可能的，熊妈妈在海象的威胁下缓缓后退，向远离冰山的方向移动。如果没有受伤，熊妈妈完全能够战胜海象，但是现在它发现自己失血过多，后腿也疼痛不已，已经筋疲力尽了。如果对手再发起一次猛烈的冲击，熊妈妈可能招架不了，这使它陷入了深深的恐惧之中。如果自己死了，年幼的孩子怎么办？想到这里，熊妈妈敏捷地转身，用尽全身的力气逃跑了。熊妈妈终于跑出了海象的地盘，它找到小熊，急切地亲了亲它，带着它越过山丘，离开了这个地方。

灵犀一点

　　熊妈妈因为行动草率导致捕猎失败，并不幸身负重伤，由此可见，谨慎细心是多么重要。

第四章　小熊学本领

熊妈妈狠心地一次次把小熊推入海中，让它在冰凉的
海水中泡着，全然不理会它发出抗议的吼叫声……

这次捕猎失败后，熊妈妈有两个星期没有再外出捕
猎，它带着小熊来到阳光充足的山谷中养伤。这段时间，
熊妈妈和小熊都是以鲜嫩的根茎和青草充饥。这片土地
上，冰雪已经消融，植物开始生长。这些干净的素食使熊
妈妈的伤口迅速痊愈，它重新振作起来。小熊正在身体发
育阶段，需要多吃一些肉食，熊妈妈自己也想开开荤了，
它决定重新开始捕猎海豹。

这时候，北极的夏天来临了。太阳一天 24 小时一直
挂在空中，给这片曾经被遗忘的土地带来柔和温暖的阳
光，北极焕发出勃勃生机。绿色植物长得很繁茂，一派生

126

机盎然；野花开始绽放，黄色和粉色花沿着北极永久冰原的边沿铺展开来；蝴蝶们拍打着美丽多彩的翅膀，在山坡上飞舞……有些蝴蝶就像小探险家，它们不顾危险，飞出自己狭小的家园，飞到雪原地区。这些鲁莽的流浪者必然会被冻僵，然后掉落下来，最终死在冰雪之地，再也回不了家乡。小熊却被这些快乐的五彩斑点吸引了，看到蝴蝶在这片灰白色的贫瘠土地上飞舞，它会跳跃着快活地捕捉，捉住了就送到嘴里吃掉。

整个夏天，小熊都和妈妈待在一起，很少与其他北极熊结伴。北极熊们常常会在岩石和浮冰上散步，或者去阳光充足的山谷找些新鲜的植物吃。小熊在两岁之前，得到了妈妈提供的营养和关爱，它茁壮成长，不仅身材高大，而且掌握了许多在北极生存必备的本领。小熊向熊妈妈学习如何捕猎海豹，如何匍匐着接近打盹的海鸟，如何从大海中捕捉粗心大意的鱼，还学习如何伏击愚蠢的野兔和狡猾的狐狸……小熊学习本领时非常认真，学习每一项本领都一遍又一遍地反复练习，妈妈对它的要求也非常严格。

小熊特别不喜欢游泳，只有在熊妈妈的逼迫下，它才会不情愿地下水。熊妈妈知道，要想在这里成功地生存下去，孩子就必须掌握游泳这项技能。熊妈妈狠心地一次次把小熊推入海中，让它在冰凉的海水中泡着，全然不理会它发出抗议的吼叫声。通过这种方式，小熊学会了这门必要的课程，但是它仍然热衷于在岸上捕猎，只有在极度饥饿且没有其他食物来源时，它才会到海水中追踪海豹。其实，熊妈妈被那头雄海象打败的情景让小熊一直记忆犹新，从那时起，小熊把海岸看作是海象的领地，它十分害怕冒犯它们。

灵犀一点

小熊向妈妈学到了很多本领，它学习很刻苦，妈妈对它要求也很严格。我们无论学习什么知识，都要严格要求自己，不能轻易放弃，要勇于接受一切挑战，敢于克服重重困难，只有这样，才能实现自己的目标。

第五章　在厄运中成长

猛然间，这根"长棍子"的前端闪现出一道火光，发出一声咆哮，还有一股青烟飘荡在空气中……

夏天即将过去，就像它到来时一样仓促。就在这时，意想不到的悲剧突然发生了，小熊被独自留在了这个世界上。

这一天，熊妈妈没有捕到任何猎物，母子俩都饥肠辘辘。这时候，一阵风从一块巨型岩石后面吹来，带来了一阵浓烈而诱人的新鲜血液的味道。熊妈妈匍匐着绕过岩石，像一只大猫一样悄无声息，小熊也跟在妈妈后面匍匐前进。突然，一幅从未见过的画面展现在眼前：在海边，几头海豹已经死在沙滩上，有三个人正在忙着扒海豹皮，切割海豹肉。小熊惊恐地停下了脚步，一种与生俱来的警惕性告诉它，人类是一种危险的动物。脾气暴躁的熊妈妈认为，这些陌生人是入侵者，他们闯入了自己的领地。熊妈妈几乎没见过人类，在它眼里，人类看起来不堪一击，它甚至觉得自己一掌就可以打扁他们。熊妈妈思索了片刻后，它凶狠地怒吼着，冲向人群，以为人们看到它一步步逼近，就会吓得四下逃窜。毫无疑问，那些死去的海豹就成为自己的猎物了。

接下来，事情的发展出乎意料。当熊妈妈靠近时，人们停下了手中的工作，站起身来盯着它。有那么一瞬间，人们什么都没做，当他们回过神来，发现北极熊要发动攻击时，有两个人跑到一边捡起了枪。在熊妈妈看来，这两人拿的就是两根闪闪发光的"长棍子"，因此毫不畏惧地继续往前跑。这时，一个人大步向前，用枪瞄准熊妈妈。这是要用"棍子"挑战自己吗？熊妈妈恼怒地看着这个人。

猛然间，这根"长棍子"的前端闪现出一道火光，发出一阵咆哮，还有一股青烟飘荡在空气中，就像海面上升起的幽灵。火光闪现的一刹那，熊妈妈就向前倒下去，它栽倒在地，然后一动不动，子弹穿透了它的脑袋。熊妈妈倒在它出生的这片贫瘠而荒凉的土地上，它的生命正逐渐消逝。

　　这一枪打得很漂亮，射击的人已经习以为常。很快，熊妈妈温暖而柔软的身体也遭受了和海豹一样的待遇。这批北极的来访者能剥下来一张完整的熊皮，又能吃到新鲜的熊肉，感到无比自豪而满足。

　　小熊并没有看到这血腥的一幕，它看到妈妈倒下的那一刻，便在莫大的恐惧中退到岩石后面，然后转身拼命逃跑，直到跑得筋疲力尽。小熊来到山谷里，这是个安全的地方，它和妈妈曾经在这里一起吃过鲜嫩的青草。小熊躺在一块岩石下，蜷缩成一团，它颤抖了很久，一点儿声音都不敢发出来。刚失去妈妈的时候，小熊备受伤心、寂寞和恐惧的折磨。

　　后来，长时间的饥饿带来的痛苦让它暂时忘记了悲伤。小熊不得不开始独自捕猎，没有妈妈的日子里，小熊

内心孤独寂寞，在捕猎过程中，更是历经磨难，但它不畏艰险，知难而进，逐渐适应了恶劣的环境，能独自应付各种突如其来的情况了。

当北极漫长的黑夜开始在坚冰和岩石上投下阴影，小熊的身体已经积累了厚厚的脂肪。当山谷中的植被都被封存在坚冰之下时，小熊感到阵阵睡意向自己袭来。这一阵阵睡意激起了它模糊的记忆，于是，它走向内陆深处，远离咆哮的海浪和破碎的浮冰，来到一处被永久冰层覆盖的岩石峡谷中——这是它出生的地方。在这里，小熊蜷缩起身子，准备冬眠，在北极又一个极夜来临的时候，它沉沉睡去，雪越积越厚，将它安全地隐藏起来。

接下来的几个月，北极只有黑暗、风雪、微弱的亮光和无以复加的寒冷。小熊安静地睡着，在睡梦中慢慢成长，随着北极春天的来临，它很快苏醒过来，饥饿感也随之而来。小熊迅速冲破冰雪层的庇护，抖掉身上的积雪，快步走向曙光初现的海岸，希望在那里能捕获猎物补充能量。

小熊凭着记忆和本能向前走，其实，它醒来得有些早，近岸的冰层还没有融化，也没有什么动物。小熊走了很长的路，来到辽阔的海域。饥饿的小熊变得越发机警，它来到一个冰窟窿附近，巧妙埋伏，逮住一头海豹并且杀死了它。此后的几天，小熊都躺在岩石间，吃了睡，睡醒了吃，它的身体也越来越强壮。

在一个清冷的早晨，小熊完全清醒了，它迎着明亮多彩的曙光，向前走了一段又一段路，寻找更广阔的海域。此时，小熊已经完全长大，我们该称它为年轻的白熊了，它的捕猎能力和独立性都很强了。

灵犀一点

失去妈妈的小熊在厄运中成长为一头强壮的白熊。人的一生中大都会遇到厄运，厄运是人生的挑战和考验，我们要勇敢面对，在战胜厄运的过程中砥砺自我，使自己变得更加强大。

第六章　一路向南

这一天，白熊正在散步，忽然感觉脚下的冰川摇晃起来，它大为震惊，急忙抬头查看……

年轻的白熊终于听到了海浪冲刷冰川边缘的声音，也听到了海鸟喧闹的叫声和海豹的咆哮声，它依稀有一种回家的感觉。白熊忘记了内陆那个小小的峡谷，那里积雪正在融化，嫩草开始抽芽。在这里，白熊可以轻松地捕到很多猎物，它在一块巨大的浮冰上建立了自己的洞穴，它以为这里和陆上的土地一样结实。

碰巧那一年，没有风暴侵蚀海洋外缘的冰川，只有海浪和慢热的阳光逐渐消耗着绵延的冰山。后来，有一大块冰川与陆地分离，并且受到极地洋流的作用，向南方漂流而去。

　　年轻的白熊就在这块浮冰上一路向南，好几天过去了，它都没有察觉到有什么异常。冰川实在太大了，也非常坚固，它没有察觉到冰川在漂流也实属正常。当然，海鸟了解这一切，几天之内它们全都从冰川上消失了，纷纷去寻找坚实的土地来筑巢繁育下一代。至于海豹呢，无论它们是否注意到了这件事情，都会待在原地不动，它们认为在冰川安家落户比在满是天敌的海岸上要安全得多。年轻的白熊还能捕到很多猎物，没有风暴来烦扰它，只有温暖的阳光抚摸着它，在接下来的几个星期，它都觉得十分惬意。

　　在阳光的照射下，在海水的侵蚀下，这块冰川一点点消融。这一天，白熊正在散步，突然感觉脚下的冰川摇晃

起来，它大为震惊，急忙抬头查看，发现自己正站在一块
从大冰川断裂下来的小冰川上，小冰川倾斜着落入海洋。
白熊急忙跳下水，游过了正快速变宽的裂隙，爬上大
冰川。

这场意外事故在某种程度上激发了白熊潜在的本能，
让它感到不安。于是，白熊开始向北方陆地的方向奔跑，
走了几个小时，它期待着能够看到熟悉的岩石陆地。它焦
躁不安，顾不上寻觅食物，只是徒劳地寻找陆地。不久，
白熊发现自己不过是在这块浮冰上绕了一圈，没有看到任
何可以抵达的陆地，或者可以游过去的海岸。

此时此刻，白熊别无选择，只能强迫自己镇定地接受
这一切。幸运的是，这里还有海豹，它暂时还不至于饿
肚子。

风暴还是来临了。狂风袭来，夹杂着来自北方的暴
雪，滔天巨浪冲击着日益被阳光融化的冰层，冰面开始变
得支离破碎。海豹们乱成一团，白熊面对混乱的局面，也
狂躁不安。幸亏它运气好，几次落入海水中，都逃过了大
块浮冰的撞击。白熊已经是聪明的游泳高手，每次落水，
它都能找到并且爬上一块大浮冰，暂时有个栖身之所。每
一处避难所都支撑不了多久，在海浪反复的冲击和冰川的
相互撞击下，浮冰又破裂成更小的冰块。白熊不停地挣扎

着，几乎耗尽了所有的力量。幸运的是，它最终爬上了一块足够大、足够坚固的浮冰，尽管这也是一块刚形成不久的浮冰，但毕竟能暂时抵御风暴的袭击。白熊缩在浮冰的裂隙里躲避风暴，直到现在，它才有了一点点安全感。

这块大浮冰在洋流的作用下，继续一路向南，漂移出了很远的距离，将北极不变的白昼远远甩在后面。每到夜晚，太阳都会落入无遮无掩的地平线之下，在白熊视线中消失一段时间。三天过去了，这块大浮冰经受住了风暴的摧残，穿越了许多小型的浮冰，继续向南漂移。那些小的浮冰在波浪的侵蚀下，越来越小，最终都不见了，只剩下这块大浮冰。这时候，大风逐渐变弱，滔天巨浪也逐渐平息。白熊发现自己漂浮在大海上，头顶的天空万里无云，一望无垠的海洋闪着蓝光，灼热的阳光让它感受到一种从未有过的被灼伤的感觉。

现在，白熊产生了强烈的饥饿感，它已经很多天没有捕猎了，只能舔食冰雪或者喝点小坑里积存的淡水维持生命。这些天来，它只吃过一次肉，吃的是一只犯了致命错误的塘鹅。塘鹅飞到浮冰上，还没站稳，死亡就向它袭来，它甚至都没有来得及看清来者是谁。自从塘鹅之后，再没有鸟飞来。一天天过去，白熊变得又瘦又虚弱，它只剩下一点力气爬上浮冰的斜坡，浮冰虽大，也在一天天消融，仿佛它和白熊在比赛，看谁能更快回归到海洋的怀抱中。这时候，出乎意料的事情发生了，白熊的命运发生了改变。

灵犀一点

　　洋流运动是受大气运动和行星风系等影响而形成的海流运动。由于洋流运动，白熊随着冰川一路向南，离开了它熟悉的生活环境，只能听凭大自然和命运的摆布。人和动物都与大自然密切相连，动物只能被动地适应自然界，而人类却可以能动地改造自然界。

第七章　囚笼生活

　　每当黎明来临，在紫灰色的晨曦中，白熊会悄悄地下到清凉的水池里惬意地翻滚。对面海豹馆的游泳池传来海豹的吼叫声……

　　冰川继续向南，漂流到了船只航行的路线上。有一艘蒸汽油轮从浮冰一侧经过，甲板上的人发现了蜷缩着的白熊。在平静的海面上，船长兴奋地放下一只小船，一队人马开始了捕猎白熊的战斗。

　　在此之前，船员们都听说白熊非常凶猛，大家在兴奋之余，配备了很多武器防身。然而，当人们看到这头白熊的时候，不知不觉中都放下了武器。白熊没有恶意，没有恐惧，也没有一丝疑惑，它只是显得绝望至极。所有人都可以看出来，它投来的不过是虚弱无助的眼神。尽管白熊看起来毫无威胁，人们还是将它结结实实地绑起来，戴上笼嘴，带它上了油轮。在轮船上，厨师为了照顾虚弱的白熊，先给它做了一些可口的肉汤，然后慢慢地调整食谱，在厨师悉心的照顾下，白熊很快恢复了健康。

这头年轻的白熊成为全船人员赞美的对象，它的毛色雪白，皮毛厚实有光泽，牙齿和熊掌也都十分健康，而它神秘莫测的小眼睛里透出不平凡的聪慧，密切关注着船上的一切动静。白熊尽管没有表现出坏脾气，但它不信任任何人，连照顾它的厨师也不例外。白熊对每一个接近它的人都显得十分冷漠，却对周围其他事物表现出持久而浓厚的兴趣。白熊被拴在厨房旁边的柱子上，它可以一连好几个小时来回走动，摇晃着毛茸茸的大脑袋，无论船内还是空中所发生的一切事情都被它尽收眼底。很显然，白熊的沉默并不等于愚蠢，船上的每一个人，从船长到水手，都十分尊重它。最后，轮船载着白熊平静地驶进了港口，船长从动物园园长那里得到了一大笔钱，白熊从此结束了漂泊。

现在，年轻的白熊开始了一段新的生活。最初还觉得新鲜，过了些日子，严密的束缚和单调的生活几乎摧垮了它的意志。白熊所在的铁笼子空间充足，是靠着一块岩石建造而成，岩石上有个小洞穴，岩石的底部还有一个带喷泉的游泳池，可以在南半球的夏季帮它驱赶难以忍受的炎热。每天不用捕猎也不会饿肚子，可这样的囚笼生活实在没有乐趣可言，笼子外面络绎不绝的人还围着它指手画脚，这更让它感到十分厌烦和愤怒。日子就这样一天天过去，强烈的思乡之情不断噬咬着这位北极来客的心。

白熊贪婪地享用着管理员给它的食物，听着一些它根本听不懂的乐曲，却从不理会游客不断扔给它的坚果。白熊看到旁边的黑熊嚼着这些干燥的小食品，并且做出各种动作求游客们多赐给它一些食品，感到很费解，因为它从不吃这些东西。

白熊经常被吵闹的麻雀激怒，这些麻雀总是肆无忌惮地落到它的鼻尖上，它挥动有力的熊掌拍打麻雀，有时它能拍死一两只，就送到嘴里细细品尝，在它看来，这些小战利品比起看客们精心挑选的小礼物要有趣得多。

每当黎明来临，在紫灰色的晨曦中，白熊会悄悄地下到清凉的水池里惬意地翻滚。对面海豹馆的游泳池传来海豹的吼叫声，每当它听到这种声音，就会做梦般把动物园想象成自己的家园。只有这时候，白熊才能假装忘记自己对家乡的思念，忘记对那片寒冷雪原的渴望，忘记对毫无生机的岩石山脉的依恋，忘记对积雪消融、开满野花的山谷的向往，忘记对北极永久冰层的热爱。这样的美好太短暂了，当第一个管理员睡眼惺忪地到来，白熊的幻想便会被打破，它只好重新回到岩石上，闷闷不乐地熬过一整天。

夏天过去了，美丽而干燥的秋天来临。白熊没有变得顺从，它更加厌倦囚笼生活，更加郁郁寡欢。它的胃口越来越差，原本健康的皮毛也失去了弹性和光泽，连管理员都对它感到失望。最初，人们以为能够轻易征服它，因为它的眼神中总是闪现出服从和聪慧。现在，人们终于认识到它是一头不肯妥协的白熊，而他们的任务，也只是喂养它罢了。

灵犀一点

　　动物园里的囚笼生活令白熊痛苦不堪，它非常想念家乡。羁鸟恋旧林，池鱼思故渊。动物的生活习性，决定了它必须在适应的环境中生活。

第八章　北方的召唤

　　郁郁寡欢的白熊在洞穴中抬头看了一眼，它不想再一次被欺骗，它不相信这里有真正的暴风雪……

　　冬天来了，阴冷的雨、冰雹和霜冻接踵而来。背井离乡的白熊充满希望地嗅着冰冷的空气。寒风夹杂着冰雪降临，大雪纷飞，白熊兴奋至极，昂着头在笼子里狂野地奔跑，在游泳池里跳进跳出，它冲撞着铁栏杆，像在做疯狂的游戏。在暴风雪期间，除了冰雪，白熊兴奋得看不到别的东西，也忘记了进食。有一天，厚厚的积雪消失了，在游泳池旁边仅仅剩下薄薄的一层，根本不足以给予它安慰，白熊似乎觉得自己最珍贵的东西被人抢走了，它开始变得越发固执和沮丧，任何事物都不能引起它的兴趣，它再也不愿意从那个小洞穴深处探出身子。一些人认为，白熊这样做是为了避寒，就像它在家乡时冬眠一样。有一个更了解野生动物的人说，这是白熊思乡的表现，对于北极冰雪世界的渴望之情，每天都在折磨着它的心。

白熊所在的动物园位于南半球的一个城市，即使是冬天，也要很长一段时间才会有一次暴风雪过境。有一天，寒风呼啸，暴风雪不期而至。半个小时之后，游泳池就结冰了，雪花随着寒风在笼子里肆意飞扬盘旋。郁郁寡欢的白熊在洞穴中抬头看了一眼，它不想再一次被欺骗，它不相信这里有真正的暴风雪，转身背对着这一切，把鼻子埋在熊掌中睡去。

寒冷迅速加剧，寒风越发猛烈，在笼子和屋顶上咆哮，冰冷的雪花与北极夜晚的白雪一样，利刃一般向白熊袭来。雪越下越大，人们甚至已经看不清 10 步以外的东西了。在这场恐怖的暴风雪中，管理员急匆匆地为需要御寒的动物修复笼子。刺骨的寒风继续发出凶猛的咆哮，夹杂着雪花，猛烈地拍打着白熊的洞穴，这熟悉的情景终于让白熊清醒过来，它慢慢地转过身来，走入暴风雪中。

现在，白熊发现自己孤身一个，站在一个看上去很像自己家乡的世界里。在这个冰雪覆盖的世界里，它享受着冰晶落在舌尖和熊掌上的美妙感觉。雪是真实的，正在它身边盘旋着、堆积着；冰也是真实的，因为它在游泳池跳

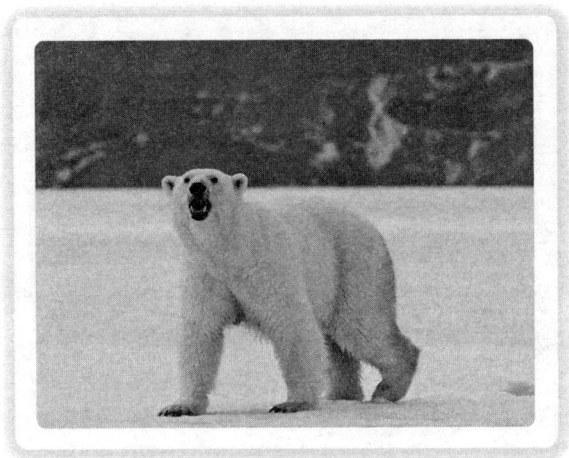

进跳出时，能感觉是撞在冰块上。白熊在笼子里快活地跑了一圈又一圈，肆意地舔着白雪，在雪中打滚，嗅着雪的味道，甚至对着雪低声呜咽。管理员走进来，一脸疑惑地看着白熊，眼里却充满同情。管理员说了些安慰白熊的话，它既看不到管理员，也听不到管理员的声音，它看到的只有冰雪。

在白熊的眼里，暴风雪正在漫无边际的冰原上肆虐，在它的耳朵边，狂风正夹杂着破碎的浮冰咆哮，在它的心里，这就是来自北方的召唤。白熊在内心热烈地回应召唤：它静静地站着，眼神怪异而迷茫，好像是受到了巨大的惊吓，又好像沉浸在巨大的幸福中。突然，白熊的腿有些发软，重重地倒在游泳池边，不再有任何生命迹象。

灵犀一点

　　白熊离开了它生活的北极，无法适应动物园里的生活，并因为过度思念家乡，最终悲惨地死去。地球不仅是人类的家园，还是动物的家园，只有人和动物和谐相处，我们的地球家园才会更美好。

冬夜历险

第一章　冬夜猎食者

突然，传来一声响亮的"咔嗒"声，随后猞猁吐着白沫，嗥叫着，好像要跳到空中……

严寒的冬夜，森林深处死一般寂静。清冷的月光洁白中隐约透出一抹淡蓝，月光穿过黑乎乎的云杉林照亮了一小块林间空地。月光下，可以看到湖里有一条冻住的大鳟鱼，它被冻成结着冰的碎块，零零星星地散布在雪地上，这些银闪闪的碎鱼块非常显眼。子夜时分，荒野中那些饥饿的猎食者从洞穴中出来，悄然走在森林的阴影中，小心翼翼地寻找猎物，同时还要提防天敌，猎食者的目光敏锐，当然能看到这些鱼块。

夜色愈深，孤独寂静的气氛更加浓烈，几乎让人窒息，好像刺骨的寒冷把寂静冰封住了。在空地的一个角落里，垂在雪地上的一根云杉树枝终于轻轻晃动了一下。下面露出一个棕灰色的小鼻子，一双如黑珠子般的小眼睛正紧张地盯着鱼块，原来是一只地鼠。又等待了大约半分钟，没发现什么动静，但这只地鼠清楚地意识到，在阴森森的树影下随时可能有天敌在凝视着自己。地鼠饥寒交迫，鼓起勇气向月光下的鱼块狂奔过去，抓起离自己最近的一小块鱼，急急忙忙跑回自己在冷杉树根下的洞穴中。这是一次勇敢的冒险，是应该有所收获的。

十几分钟过去了，没发生任何事情，周围一片宁静。地鼠又一次从洞穴中露出头来观察四周。然而，这一次它迅速退了回去，因为它看见一个头上长着黑色斑点、身躯修长的家伙，此时，这个家伙正从空地的对面悄悄地观察着四周。原来这是一只饥饿的水貂，它准备出来捕捉一些鱼，在这周围长满树木的森林空地上，它也怀疑这里是否有一些陷阱或埋伏。水貂也看到了冻鱼块，甚至发现月光照耀下的鱼块颇具美感，在这简单而诱人的景致中，它没有只是盯着可口的食物，而是敏锐地观察着阴影深处的动静。水貂突然愣住了，它似乎发现了令它讨厌的东西，眼睛里冒出愤怒和诡异的光，它停止前行，又悄悄地退回自己的藏身之处。

一会儿，一只巨大的猞猁出现了，猞猁毫不畏惧地径直走到光亮处，它似乎知道在这个季节，熊在冬眠，失去鹿角的雄性驼鹿也失去了战斗的兴趣，整个森林中论战斗力它几乎有着至高无上的地位，已经没有什么动物可以挑战它。当然，貂猁每走一步都是静悄悄的，它机警地盯着每一个幽暗的角落，它害怕吓跑任何一个可能的猎物，而不是害怕潜伏的对手。貂猁走近冰冻的鱼块，狼吞虎咽地吃起来。

这只大貂猁吃掉了几大块鱼后，变得更加挑剔。它仔细地用鼻子嗅着剩下的鱼块，似乎在挑选哪一块更好吃。突然，传来一声响亮的"咔嗒"声，随后貂猁吐着白沫，嗥叫着，好像要跳到空中。然而，貂猁连两三米高都没跳到，不过是在强大的肌肉的推动力下，高高地弓起了背而已。同时，一个黑色的钢铁制成的东西从雪中露出，这个东西和沉重的木头紧紧连在一起。原来，猞猁的右前脚被捕兽夹夹住了！

猞猁刚被夹住的一两分钟内，惊慌失措地盲目挣扎，它喷着唾沫，厉声尖叫，啃咬着捕兽夹，发疯般地抓挠那一根圆木。然而，过了不久它就发现，自己越挣扎，捕兽夹就夹得越紧，它的疼痛更加剧烈。于是，它停下来，开始思考自己的处境，思考并没有减轻它右前脚的极度痛苦，它又开始用力向后拉，希望即使不能逃脱，至少可以把捕兽夹拖到森林中去，或许可以在森林中丢掉它。

连着捕兽夹的这根木头非常重，猞猁用尽了全身的力气也只是移动了几厘米。经过一个小时激烈的挣扎后，它终于累得筋疲力尽，不得不躺下来休息。月亮挂在高空，照着树枝下猞猁刚才隐蔽的地方，不过离它几米远，猞猁却无法回去了。

猞猁刚躺下不久，忽然听到有东西踩在松脆的雪上发出的"嘎吱"声，它立刻又站起来，背上的每一根毛都竖了起来，眼睛中充满愤怒和恐惧。猞猁转过头，看见一个身材高大的男人走过来，这个人正从森林空地的另一端心满意足地望着它。

灵犀一点

　　野生动物在生存的过程中要时刻提防天敌。若自然界中某种动物专门捕食或危害另一种动物，那么前者便是后者的天敌。我们人类应该做动物的朋友，而不是动物的天敌。

第二章　伐木人的恐惧

走了大约一公里的路程时，伐木人忽然听到从遥远的地方传来一阵奇怪的声音，在这宁静的黑夜，奇怪的声音有些令人恐惧。这是什么声音呢？

皮特·洛根是个伐木人，也是个出色的猎人，捕兽夹就是他大约三小时前精心布置的，他的目标就是要抓住这只特别的猞猁。

在森林中，这只猞猁称得上出色的猎手，它的两只耳朵威风凛凛地直立着，像两簇毛一样。可即使猞猁绞尽脑汁，也很难想到几个星期来有个人一直注意着它，追寻它的踪迹，观察它的栖息地和习性，并且设计了捕捉它的方案。这天晚上，在十字路居民区，洛根说了大话，说自己用一只手就可以把大猞猁毫发无损地带回来。他打算把这个出色的动物卖给一个美国人，那个美国人为马戏团收购野生动物，肯出大价钱。为了避免伤害到貂狸光滑的灰色皮毛，他将捕兽夹的一部分尖齿包了起来，捕获猎物时，就不会撕坏猎物的皮毛。

洛根身强力壮，作为一个猎人，他的枪法几乎百发百中，他曾经用猎枪打过很多猎物。

洛根胆子很大，对居住在这片荒野中的任何动物都不害怕，他来查看捕兽夹时，连猎枪都没带，只带了腰上的佩刀和轻便的直柄斧子。在背包里，他装上了他认为比任何武器都有用的东西———一块厚厚的大毛毯和一个重重的帆布袋子。现在，他一边站着打量这个惊恐而愤怒的猎物，一边打开背包，将厚厚的大毛毯展开。貂狸产生了新的恐慌，对毛毯怒目而视。貂狸以前见过人，却从没见过一个抖毯子的人，在它眼里，毛毯就像一个巨大而又丑陋的翅膀。

洛根的计划经过了深思熟虑，现在他正信心十足地开始实施计划。他准备用斧子来对抗猞狲可能进行的攻击，他将展开的毯子用作保护自己的盾牌。洛根举着毯子前进，猞狲心存恐惧，一直向后退，直到退不动为止，它用一种无力反抗又无比憎恨的目光盯着迎面而来的伐木人。慢慢地，洛根越发逼近，在猞狲跳起来也够不到他的地方停下来。

人和猞狲僵持着，都一动不动，这样大约有半分多钟，直到猎物的神经紧张度达到极限。洛根知道该采取下一步行动了，于是，他扑上去，用张开的毛毯猛地罩住了猞狲。猞狲愤怒地尖叫了一声，开始挣扎起来，但它很快发现自己在光滑的毛毯中的一切挣扎都是徒劳；它疯狂撕咬、嗥叫和流泪也都是徒劳；锋利的牙齿只能咬住毛毯，尖利的爪子也丝毫没有用武之地。这时候，伐木人又用力将它推倒在雪地上。猞狲完全被包裹在厚厚的毯子中，它被眼前这片彻底的黑暗征服了，它已经筋疲力尽，只能静静地躺着，因为愤怒而身体瑟瑟发抖。

随后，洛根细致谨慎地将毛毯掀起一角，把捕兽夹的利齿打开，小心翼翼地拿出了猞狲被夹住的脚，猞狲算是攻击性很强的危险动物，伐木人并不想将捕兽夹从它身上移走，可又担心夹坏猞猁的关节，卖不出好价钱。伐木人做完这一切后，熟练地抽出用来捆绑的绳索，将猞猁的腿牢牢绑上，但留出了头部和颈部自由活动的空间。然后，他将这捆东西塞进厚帆布袋子中，背到肩上，开始向5公里外的营地走去。

洛根没有穿雪地鞋，因为此时森林深处的积雪并不厚，这两天只是落下四五厘米厚蓬松的雪，现在有雪的地方冻得就像石头一样坚硬。这个冬天异常寒冷，最近一场来势凶猛的寒流，使得在森林中打猎更加困难，因为那些脚步轻快的猎物在冰冻的地面上逃跑起来容易多了，甚至连爱吃树皮、细枝和花蕾的小动物也很难追上。

这个自鸣得意的伐木人愉快地反复回味着捉到猞猁的过程，他幻想着猎物即将带来大笔金钱。走了大约一公里的路程时，伐木人忽然听到从遥远的地方传来一阵奇怪的声音，在这宁静的黑夜，奇怪的声音有些令人惊惧。一开始，他并没放在心上，但是他很快有些紧张地关注起来，同时他察觉到背后不安分的猞猁也安静下来，因为它不再气愤地挣扎，而是开始倾听这种声音。在此之前，洛根一直认为，他熟悉荒野中的一切声音，没有什么野生动物的语言他不能理解。可是，这种声音他确实不熟悉。此刻，声音再次响起，而且越来越近，他仔细听去，确信自己从未听过这种声音。伐木人皱起满是皱纹的额头，仔细倾听，声音却消失了。又过了好大一会儿，这种声音再次在月夜下回荡，音调高亢、颤动，并不悦耳，并且在神秘的节奏中隐藏着确信无疑的威胁。现在，洛根可以肯定这是自己从未听到过的声音，他开始猜测是什么声音。

"这不可能是狼。"他嘀咕道，"在新不伦瑞克省还没有一只狼呢！"尽管他拒绝承认，远处的声音驳斥了他的固执己见。

凶恶的叫声再一次响起，越来越近，伐木人不得不承认无论那是什么动物，它都在跟踪着自己，而且几分钟后就能明白声音是什么动物发出的。伐木人害怕之余，更感到恼火，不仅是因为这种声音推翻了自己原来的判断，还因为自己没有带枪。这段时间，有些人绘声绘色地描绘在新不伦瑞克省遇到过狼，伐木人还毫不留情地讽刺挖苦他们。

作为一名有尊严的伐木人不该胆小怕事，但当他认识到跟踪他的声音是由很多声音组成，很可能是一群狼时，伐木人这才心生恐惧，仿佛有一股彻骨的寒意穿透了脊背。

灵犀一点

伐木人盲目自信，以为自己了解一切动物，没想到却意外遇到了狼。知之为知之，不知为不知。我们要养成虚心好学、不懂就问的良好习惯，才能学到丰富的知识，了解大自然的奥秘。

第三章　激烈的搏斗

　　突然，他发现群狼中最大的一只飞奔着扑向他的后背，他快速移步的同时，挥动起犹如闪着蓝色火焰的斧子……

　　严寒的冬天，雪地非常坚硬，鹿在上面奔跑的速度更快，狼很难捕捉到这样肥美的猎物，那些狼肯定极其饥饿，因此才敢追踪人。想到这里，伐木人更加恐惧，本来他一直走得很快，现在他大步摇晃着，更加快了脚步，他那双鹿皮鞋在雪地上发出轻柔的声音。

　　有一瞬间，洛根想要扔掉背上的负担，独自奔跑，但是他马上把这种想法抛到脑后，他甚至对自己有这种想法感到羞愧，他决不能让这些卑鄙的、贸然闯入的狼抢走他的战利品。

这时候，那令人恐惧的声音迅速在月色中弥漫开来。洛根的脚步更快了，他希望在狼追上他之前，能够到达一片燃烧过的开阔田野。如果要进行一场战斗，他需要足够的空间和机会以便看清楚对手。洛根终于到达空地，明亮的银白色雪地上，点缀着零零落落的黑色木桩和几棵枯树，群狼大约在离森林边缘80到100步的地方。洛根回过头机警地瞥了一下，看到群狼灰色的身影停了下来，一会儿又聚在一起，然后再次分开，群狼犹豫不决，不知该不该在这块空地上冒险。

群狼又犹豫了一会儿，它们忽然靠得很近，近得用一床棉被就可以把整个狼群都包裹起来。群狼抱成一团冲向洛根，这个伐木人用训练有素的眼睛看了一下，一共来了6只狼。总共6只狼！他稍微有点放心，毕竟比自己预想得好一些，刚才从那一阵阵高亢响亮的声音里判断，他还以为有三四十只狼呢。

洛根是个很聪明的猎人，他没有拔腿快跑，因为他知道自己处在敌人的视线中。他装出一副漫不经心的样子，只管抬着头迈着大步往前走，直到群狼离他大约25米远。然后，他扭过头来，对着狼大声呵斥。群狼饥肠辘辘，对猎物穷追不舍，但还是被他洪亮自信的声音镇住了，犹豫着停了下来。刚才抱成一团的群狼分散了一些，就地蹲坐下来，想看看眼前这个人接下来要做什么。

　　洛根高傲地盯着群狼观察了几秒钟，又转过头来继续迈着大步往前走，同时密切地注意着背后的动静，他握紧斧子，时刻准备着投入战斗。洛根走在前面，群狼紧紧跟在他后面，只是改变了原来的队形，这些狼仍旧不敢靠近这个傲慢自信的人，始终和他保持着大约 10 到 12 米的距离。

　　刚才这个人的大声呵斥让狼有些害怕，它们轻易不敢发动进攻，因此分散成两帮，形成半圆形包围着洛根，偷偷摸摸地在后面小跑。狼的嘴巴半张开，露出白森森的长牙，似乎所有狼的眼睛都一眨不眨地盯着洛根。慢慢地，群狼靠得越来越近，洛根假装轻蔑地不理它们。突然，他发现群狼中最大的一只飞奔着扑向他的后背，他快速移步的同时，挥动起犹如闪着蓝色火焰的斧子，狼的脖子被砍断了，狼跌倒在地上，嗥叫声戛然而止。洛根屡次向四周舞动那把致命的斧子，狼就知趣地向后撤退，以免碰到斧子，它们并不想拿性命来冒险。

大约过了5分钟，群狼再一次聚集起来逼近洛根，洛根发现当务之急是保护好自己，因为他知道，那些饥饿的眼睛一直紧盯着他。他突然想起，再走几百米，就能到一块巨大、陡峭的岩石下。他下定决心，一定要以最快的速度到达那里，他的后背就可以紧贴在岩壁，面对群狼的猛攻时可以占据更有利的位置。他突然加快步子跑起来，他一边匆忙前进，一边迅速挥动斧子恐吓群狼，嘴里还生气地咒骂着。刚开始的时候，洛根的咒骂和斧子一样对群狼有威慑力。然而，还没等他到达岩石脚下，群狼已经变得充满信心，而且有些不耐烦了，从一侧到另一侧不断跳跃着扑向他，洛根的胳膊不停挥舞斧子，一刻也得不到休息，他终于意识到真正的危急时刻就要到了。

洛根到达岩石下时，已经精疲力竭，而且前面无路可走了，群狼在他前面围成了一个半圆，这个半圆不断移动，慢慢地变得越来越小。突然，作为首领的那只狼扑向洛根，多亏洛根早有准备，他迅速向前迈了一步，用斧子给狼迅猛一击，这只狼却及时跳开了，并没有被斧子砍到。群狼稍微退后一点，聚集成一团，再一次发起进攻。

灵犀一点 ♡♥

　　关键时刻，伐木人凭借勇敢与谋略，和狼群展开激烈的搏斗。勇敢与谋略，是成功必备的素质。聪明而无胆量，则遇事容易退缩；勇敢而无谋略，则行事莽撞轻率。唯有智勇兼备，方能实现成功！

第四章　最后的和解

　　猞猁受了重伤，十几道伤口都在流血，但它锋利的爪子仍然具有足够的战斗力……

　　无论作为一个伐木人还是猎人，洛根和生活在这片土地上的其他男人一样顽强，他不肯轻易放弃背上的战利品，可目前的处境太危险，他很可能连自己的性命都难以保住。

　　在最后生死考验的紧要关头，洛根灵机一动，想到了背上的猎物。那一刻，洛根对这只胆量惊人的猞猁产生了理解和怜悯，猞猁的爪子和牙齿都是极佳的战斗武器，如果没有机会为生命拼搏就在袋子里被撕成碎片，这样的结局也太可惜了。他转念一想，如果释放了猞猁，可能会分散群狼的注意力，从而对自己有利。

　　洛根大叫一声，发疯般地挥舞着斧子，再次吓退了围着他的群狼。同时，他迅速把袋子从背后拽过来，猛地扯开口，将包裹着猞猁的毛毯倒在面前的雪地上。此时此刻，那几只狼一边满腹狐疑地看着这个过程，一边又犹豫着想进一步靠前。那捆东西一落到地下，洛根飞快地解开绑着猞猁脚的绳索，然后抓住毛毯的一角，灵巧地搓动着并向前一抛将毯子展开，几乎将猞猁置于狼鼻之下。

　　猞猁无法理解这突如其来的变化，那一瞬间它糊涂了，但它没有时间后退，也没有机会跑到岩石后面的安全地带。猞猁一站起来，群狼就包围了它，它狂怒地叫了一声，也就意味着它明白了此刻的危机，它必须充分发挥所有的牙齿和爪子的威力。猞猁的尖牙比不上狼，但爪子是它最厉害的武器，甚至能抓出对手的内脏，任何一只狼都不敢与它较量。正因如此，群狼迫切地以另外一种方式靠近猞猁，它们一起将猞猁团团围住，猞猁还是瞅准机会抓伤了几只狼，受伤的狼嗥叫着退出了战斗。在这几秒钟里，猞猁与狼的打斗激烈得令人窒息，洛根看到自己的猎物如此勇敢，不禁兴奋地啧啧赞叹，喜形于色。接下来，他意识到自己出手的时候到了，否则猞猁抵挡不住狼的进攻。

洛根拿起那把又轻便又锋利的斧子，无声地加入了战斗。斧子是伐木工得心应手的武器，洛根对于应具备的所有技巧都十分娴熟，因此，在短短的时间里，有两只狼败下阵来，直接倒在雪地上。头狼的脖子一侧已被鲜血浸湿，它战斗的欲望变得更强烈起来，它快速地转过头来，疯狂地扑向洛根的咽喉。这个伐木工举起斧子迎着头狼砍去，正好劈断了这只狼的肋条，顺势将它向后抛去。剩下的两只狼在这场混战中也都受了伤，最终认为这场游戏该结束了。于是，它们跳跃着掉转头，像被鞭打的狗一样跑开了，它们要尽快远离猞猁的爪子和洛根的斧子。

猞猁受了重伤，十几道伤口都在流血，但它锋利的爪子仍然具有足够的战斗力。猞猁蹲坐着，怒视着伐木人，耳朵向后倒伏。双方相互看了几秒，洛根露出了轻松的笑容。接下来，他忽然想到这个绝望的野兽可能会扑向自己，逼迫自己进行反击，对身受重伤的猞猁，他既同情又感激，极不愿意与它成为对手。猞猁目露凶光，洛根一边谨慎地看着它的眼睛，一边向后退了几步。

猞猁仍旧蹲坐着，随时准备跳起来战斗。接下来，洛根以一种带着命令的语气说："现在你不能攻击我！我从来没有伤害过你！"他又进一步心虚地为自己辩解，语气也柔和了很多，"是那些该死的狼追赶我们两个，是我把你从困境中解救出来，你不要找麻烦，我并不想伤害你。"

猞猁听到这种轻柔并且带有命令语气的声音，它似乎放松下来，不再紧张，也不再那么疯狂了。它原来怒目而视，现在眼神也变得游移不定。猞猁不再盯着洛根，接下来它飞快地转身跑了。洛根看到猞猁像在树桩和枝干间的灰色幽灵一样，它不是跳跃着离去，而是像猫一样用肚皮紧贴着地面飞跑着。

洛根看着猞猁离开了自己的视线，看了看那几只受伤的狼，若无其事地用斧子结束了它们的痛苦，在自己的高筒鹿皮靴上将刀子磨快，然后开始剥狼的皮。

灵犀一点

　　关键时刻，猞猁帮助伐木人打败了群狼，作为回报，伐木人也不再伤害猞猁。无论是人与人之间，还是人与动物之间，感恩之心和彼此谅解非常重要，它可以架起一座爱的桥梁。

屡遭骚扰的「一家之主」

第一章　开始迁徙

对于向北迁徙的海狗来说，最可怕的敌人还是那些肆无忌惮的捕猎者，尤其是那些进入深海区的偷猎者……

大海狗读不懂降价促销的广告，它也不需要类似的广告来提醒自己，它知道要早点动身去北极抢占地盘，以避过高峰期。在迁徙这件事上，大海狗吃过亏，那是一次很惨痛的教训。

大海狗成年后的第一个春天，错过了向北迁徙的最佳时节，它不得不留在白令海的一个小岛边缘，它的领地是一块风化严重而且远离海水的岩石，它拥有的配偶是三条个头矮小、皮毛受损的雌海狗。这样毫无魅力可言的雌海狗还是它经过激烈的搏斗，从附近的两条雄海狗手中抢过来的。雌海狗的温顺吸引了大海狗，不过，在雄海狗们的争斗中受到了牵连，它们原本油光发亮的皮毛损伤严重，如果皮毛加工商们见了，都会吓一跳。大海狗和配偶们在小岛边缘度过了一段很难熬的日子，孤独寂寞，食物匮乏。

这次惨痛的教训让大海狗懂得了凡事要早行动，否则就要付出代价。第二年的迁徙季，它很早就变得焦躁不安，从紫色的南部海域及时回转，向北游去。大海狗沿着加利福尼亚州和俄勒冈州那些陡峭的海岸，穿过太平洋的疾风劲浪，稳稳当当地向北方前进。它一会儿身体弯曲，像鱼一样猛地跳出水面，一会儿又以惊人的速度在水面滑行，光亮的皮毛显现出漂亮的曲线。大多数时间，大海狗一心一意专注于自己的行程，它会在水下游一段距离，然后浮上来，把鼻子伸出水面呼吸一下新鲜的空气。饥饿的时候，大海狗就会在水生物丰富的海底捕捉各种鱼，来满足它巨大的胃口。

大海狗在向北行进的旅途中，结识了一些聪明的志同道合的海狗朋友。阳光灿烂的日子里，有时候，它也会停下来休息，懒洋洋地漂在海面上晒太阳，或者与同伴们在水中嬉戏。那一刻，好像一阵遗忘的波浪袭击了它们的大脑，它们完全忘记了实现目标的紧迫性。

海狗们的迁徙之旅一般会比较顺利，成年海狗的身长大都在 1.8 米以上，有着一块块柔韧而强健有力的肌肉，

它们凶猛彪悍、敏捷灵活，即使在危险的南部海域，也没有多少天敌。

凶猛的鲨鱼轻易捉不到海狗，除非海狗自己不小心留给鲨鱼可乘之机。体形硕大的雄海狗能够快速出击，柔韧的身体又使它们能够巧妙地逃避袭击，这就让那些笨头笨脑、横冲直撞的鲨鱼无计可施。海狗害怕的是闪电般迅速而又冷酷无情的剑鱼，因为剑鱼会毫无征兆地从海底突然出现，令它们措手不及。海狗还需要机警地提防那些黑白相间的虎鲸，虎鲸又叫"杀人鲸"，从这个外号就可以知道它的可怕。

其实，对于向北迁徙的海狗来说，最可怕的敌人还是那些肆无忌惮的捕猎者，尤其是那些进入深海区的偷猎者。这些偷猎者会把雄海狗们孤立起来，因为它们的皮毛不仅粗糙，还有打斗留下的疤痕，几乎一文不值。偷猎者专门跟在雄海狗后面，等待捕捉皮毛光鲜亮丽的年轻雌海狗。还有的偷猎者，连未成年的雄海狗也不放过，他们把这些小雄海狗称为"单身一族"。

大海狗在穿过不列颠哥伦比亚省漫长的海岸线之前，没有遇到偷猎者的骚扰，但它还是被吓了一大跳。在夏洛特皇后群岛，一艘加拿大政府所属的汽艇，像猎狗追逐兔子一样，敏捷地驶进了海狗群里。这个突如其来的黑乎乎的大家伙剧烈地搅动着海水，这可把大海狗吓坏了，它纵身一跃，潜入水中，笔直地下潜到光线昏暗的绿水草中，其他海狗也都吓得四处逃窜。站在汽艇前面的加拿大指挥官已经观察得很明白了：这些在迁徙中担任开路先锋的成年雄海狗，并不是捕猎目标，自己必须掉头向南行驶，去捕捉猎物——那些雌海狗和小海狗。

灵犀一点

海狗是生活在海洋里的哺乳动物，体型像狗，除繁殖期外，海狗无固定栖息场所。每年的春末夏初，进入繁殖季节，海狗陆续返回出生地，先抵达的雄性纷纷抢占自己的地盘，划分势力范围。一周后，大群的雌海狗到达，自由婚配。

第二章　途中遇险

大海狗在捕食大马哈鱼的过程中，偶然踏入了一个很舒服的栖息地。这个栖息地属于一个长相奇怪的海洋动物……

汽艇远去了，大海狗从水草间浮上来，它转头向西游去，目的地是阿拉斯加广阔的海岸。大海狗又和其他海狗汇聚到一起，它希望自己能一直游在前面，这样就能在阿拉斯加海岸占据一个好位置。大海狗穿过阿留申群岛，到达了白令海的浅滩。这里有很多小岛，星罗棋布，像随着海水冲上岸边的小石子一样多。大海狗前面的旅途一直很平静，它在这里偶然经历了一次冒险，它的迁徙差点儿很不光彩地结束。

在一个荒凉的北极溪水入海处，大海狗遇到了一大群大马哈鱼，这些鱼正集体向产卵地洄游。遇到这种情况，就连自制力最强的海狗也会因为一时兴奋而失去常态，整个海狗群都失去了控制。现在是大马哈鱼最佳的繁殖季节，也是它们最肥硕的季节，银色浅滩挤满了大马哈鱼，它们身体柔韧，表皮黝黑发亮。雄海狗们开始捕食大马哈鱼，它们的行为近乎疯狂，不停地撕咬、咀嚼，捕杀的数量远远超过了它们的食量。不一会儿，海里一大片区域变成了淡红色。海狗们伸出自己黝黑的长满胡须的小脑袋，用力竖起长脖子，从喧闹的水中探出头来。海狗们依然没有停止捕杀，嘴里咬着身体肥大、不断抖动的大马哈鱼，它们把这些表皮光亮的鱼咬成两段，咬到嘴里的那部分就吃掉，剩下的另一半掉到水里也不理睬，然后继续捕食别的大马哈鱼。这一刻，对于大马哈鱼来说可真是不幸。

几头白熊在溪水入海处的岸边徘徊，它们也加入了捕猎大马哈鱼的行列，一头扎到拥挤的鱼群中，捕捉到大马哈鱼后就带到岸上，趴在那里慢慢享用。大马哈鱼在繁衍本能的驱使下，不会停止前行，也不会掉转头，前仆后继地涌向溪流。鱼群数量庞大，尽管遭到了海狗和白熊捕杀，仍有一群群的大马哈鱼能够突破重围，逆流而上。

大海狗在捕食大马哈鱼的过程中，偶然踏入了一个很舒服的栖息地。这个栖息地属于一个长相奇怪的海洋动

物，它在水底烂泥中懒洋洋地蹭来蹭去，从一边滚到另一边。

这个家伙全身苍白，像尸体的颜色；它身长足有3.6米；在它凸起的粗大的口鼻部，长着一颗长长的尖锐而有些弯曲的獠牙，有点类似坚硬的象牙。毫无疑问，这是一头凶猛的独角鲸。独角鲸的眼睛很小，看起来跟猪的眼睛差不多大，它冷漠地盯着一群群游过头顶的大马哈鱼，毫无反应，因为此时它的肚子里已经塞满了大马哈鱼。入海口的水深不超过3.6米，大海狗鲁莽地钻入水下，后肢恰巧撞到了独角鲸的鼻子上。独角鲸本来脾气就不太好，加上当时它可能吃得太饱了，有些消化不良，脾气就更暴躁。独角鲸突然愤怒地跳起来，用獠牙教训这个冒犯它的家伙。尽管在浑浊的水中看不太清楚，大海狗还是用眼睛的余光瞄到了一个白色的庞然大物向上一跃，大海狗急忙扭动腰肢侧身躲避，身体像鳗鱼那样伸长了一倍。独角鲸的獠牙没击中大海狗的要害部位，但还是在它的前鳍状肢后面划了一道口子，伤口又长又深。

独角鲸用力很猛，长牙和一半身子冲出水面。大海狗受到攻击，非常生气，它勇敢地冲向独角鲸，狠狠地咬了独角鲸一口，差点咬到它那猪眼一样的小眼睛。大海狗发现独角鲸的皮下脂肪太厚，用牙齿无法咬穿，论战斗力自己根本不是它的对手，大海狗只好偷偷地溜走，消失在大马哈鱼群中。独角鲸出了一口恶气，就一头扎回到水下的烂泥中，继续慢慢消化食物。

灵犀一点

　　大海狗无意中闯入独角鲸的领地，并被独角鲸用牙划伤。大海狗很清楚自己的实力，为避免无谓的牺牲，它放弃与独角鲸对抗，悄悄溜走了。我们每个人都要学会认识自己的强项和弱项，发现自己的兴趣与爱好，明白自己的缺点与不足，只有扬长避短，人生才会更精彩。

第三章　守卫家园

　　大海狗在接下来的 24 小时里，作为"一家之主"，为了守住家园，至少又经历了 4 场战斗……

　　大海狗劈波斩浪，继续它的迁徙之旅。在一个风平浪静的早晨，大海狗终于来到了普利比鲁岛，这是它一路向北时心驰神往的圣地。这个岛屿位于北极，气候寒冷，苍白的太阳低悬在空中，整个岛屿贫瘠而荒凉，但这正是海狗们喜欢的地方。大海狗兴奋地跳出水，抢占了一块岩石作为自己的地盘。这块地盘位置不错：离海岸不到 800 米处，另有一个平坦、狭长的岛屿，可以用来作为抵御海浪的"防波堤"；在"防波堤"与大海狗所在岩石之间的海峡里，有很多鱼游来游去。

　　大海狗上岸后，有许多同行者沿着弯曲的海岸接踵而至。海狗们的吼叫声打破了北极死一般的寂静,这些新的到访者在为如何划分领地激烈地争论着。

大海狗把占据的岩石当成自己的家,它也就成了"一家之主"。在这个家里,天空是屋顶,四周的风是墙壁,岩石上的斜坡空地就是地板。这个家很稳固,就算最强劲的北极风也吹不动它。大海狗占有的这块地盘相当不错,这一点很快得到了证实:它占据这儿还不到5分钟,就不得不为保卫领地而战。一只体形稍小、鼻子灰白、脸上留着伤疤的海狗,怒气冲冲地跳上岩石,冲向守护家园的大海狗。从攻击者愤怒的表情来看,它很自信地认为自己才是这块岩石的主人。也许它上次迁徙到这儿时曾经占据过这块地盘,它坚信自己应该继续拥有。在这个偏僻的荒岛上,这种权利无法维护,只能凭实力获取。作为"一家之主"的大海狗大吼一声,拉长了身体,绷紧它那刚才异常放松的骨架,它要以强大的力量惩罚入侵者。

大海狗站在岩石较高的地方,占据了有利位置,它的后鳍状肢非常强健有力。大海狗冲锋时,拼命摆动着后鳍状肢,像陆地上的动物一样行走;遇到攻击时,它不会退缩,而是利用前鳍状肢作为一个有力的支点进行反攻。

大海狗一开始便毫不留情地抓住对手,把它推向岩石的边缘。入侵的那条海狗是很强劲的对手,身体健硕,孔武有力，而且很快找到了一个稳固的立脚点。经过几个回合的较量，战斗陷入僵局。两只海狗的力量不相上下，一边搏斗一边愤怒地吼叫着，希望把对方的气势压下去。周围的各种动物以自己独特的声音叫嚷着，对两只海狗的厮杀表示同情。阳光下，两只海狗粗壮的脖子闪闪发亮，几次纠缠在一起，它们互相攻击对方的咽喉，同时又要避开对方血盆大口的袭击，攻防速度太快，让周围"观众"应接不暇。最后，在力量和气势上都稍占优势的大海狗胜出，击退了强悍的对手，并且打得对手伤势惨重。这只失败的海狗可能是失去了理智，或者是因为受伤而变得虚弱不堪，它的身体失去平衡，突然倒进了海里，惹来几只企鹅的嘲笑。

大海狗赢得也不轻松，它抓紧时间躺倒在岩石上休息，

好恢复力气，为新一轮的战斗做准备。过了一会儿，受伤的那只海狗从水中探出头来，看了看大海狗，又潜回水里，沮丧地游走了。它已经失去了挑战的勇气，只能去远离群体的边缘地带安家。大海狗在接下来的 24 小时里，作为"一家之主"，为了守住家园，至少又经历了 4 场战斗，但后面的战斗都不如第一场激烈。幸运的是，在大海狗周围的地方，地盘终于都划分清楚了，大海狗终于有机会休息一下。它还是不能放松警惕，因为不时会出现新的入侵者，它们游到岩石边，向大海狗发起挑战，对大海狗的地盘造成威胁。

大海狗爬到岩石边缘，晃动着有力的脖子，机警地观察着大批路过的海狗。它那聪慧的眼睛里闪烁着凶悍而机警的光，它那一副傲慢而胸有成竹的样子，常常让潜在的入侵者知难而退，去寻找其他更容易战胜的对手。如果有挑战者尝试踏上它的地盘，大海狗会在它们踏出第一步之前就冲下来攻击。受点轻伤离去，这可能是挑战者最好的结果。

后来，大海狗的"老邻居"被赶跑了，两只攻击性很强的雄海狗成了大海狗的"新邻居"，大海狗不得不时刻提防它们。这两只海狗不仅忙着巩固自己的地盘，还时常侵犯大海狗领地的边界，对大海狗造成威胁，可能大海狗的领地范围的确有点过大。这种情形让大海狗很烦恼，它不断地受到骚扰，现在连停下来吃点东西的时间都没有了。如果它离开"岗位"一小会儿，回来时就会发现自己的地盘被那两个家伙侵占了，它不得不同侵略者战斗，重新夺回家园。它眼前的海峡里有许多肥美的鱼，大海狗只能眼巴巴地瞅着，不敢去捕食。在这个荒岛上，每一只想守护自己体面家园的海狗都必须付出很多精力和心血。

灵犀一点

大海狗为了守卫家园，进行了多次英勇的战斗。定居并建立领地，是不同于迁徙的另一种生存策略，"领主"可以专享领地内的生存资源，无须长途跋涉。划分并争夺领地的习性，不仅在脊椎动物中十分普遍，在昆虫、虾蟹、章鱼等无脊椎动物中也十分普遍。

第四章　抢占配偶

　　大海狗怒气冲冲地飞奔过来，拖住雌海狗，把它挡在身后，然后张牙舞爪地准备向对手开战……

　　现在是 5 月初，几个星期以来，太阳一直不知疲倦地照耀着岛屿，不知道什么时候才会落下去。作为"一家之主"的大海狗为了守护家园，不敢有丝毫懈怠，连睡觉也成了一种奢望。好在大海狗现在身体肥壮，整个冬季它都吃得很好，生活悠闲自在，体内储存了大量脂肪，足够它维持旺盛的生命力和充沛的精力。

　　将近月末的时候，一群群未完全长大的单身雄海狗来到岛屿岸边，它们的皮毛油光发亮，真诚而友好。这些雄海狗现在年龄还太小，不会像成年海狗那样争夺配偶。跟单身雄海狗一起到来的还有一群体形小巧、眼神温顺的雌海狗，这些雌海狗也只有一两岁，是大海里活泼可爱的孩子。年纪稍大的雄海狗根本不会注意这群天真无邪、涉世未深的小海狗。小海狗聚集在离成年海狗领地较远的岸边，不管抓到什么猎物，它们都会很开心。小海狗们过着无忧无虑的日子，它们像刚放学回家的孩子一样，快乐地游戏、跳跃。

在 6 月的第一个星期，备受期待的主角来了，所有守护家园、为家园而战的雄海狗终于迎来了成年雌海狗。

雌海狗一批批到达海岸，数量不断增多，一个个用鳍状肢相互拥挤着。雌海狗在两岁时就发育成熟，而雄海狗要等到 7 岁；雌海狗出生的数量也远多于雄海狗，每 10 只到 12 只雌海狗中间有一条雄海狗。不过，每一只雄海狗都想占有更多的雌海狗，配偶越多越能证明它们的强壮与勇敢。

最先游过来的两只雌海狗，一前一后，相隔一两米，它们笔直地游向大海狗的地盘。大海狗因为屡屡在战斗中获得胜利而志得意满，现在它正高昂着头向远处张望，焦急地等待着雌海狗。雌海狗的体形苗条，而且目光柔和，举止优雅。第一只雌海狗到达岩石边上时，它还没来得及爬上岸，有礼貌的大海狗就呼呼地喘着气把它拉上来了。这可不是只凭机灵、热心就能做到的事，必须要有足够大的力气。大海狗用牙齿坚定地咬住雌海狗的脖子用力往上拉，那一定很疼，雌海狗却把大海狗的行为当作爱的表现，因此它毫无怨言。

大海狗把雌海狗拉上岸来，对方就相当于它的"新娘子"了，大海狗现在没时间向它献殷勤，甚至连一句赞美的话都没说。

大海狗把"新娘子"猛推到身后，然后像闪电一般迅速地转向第二只雌海狗，准备以同样英勇的方式把它拉上岸，不过它动作慢了一步。住在大海狗右边的邻居是一只力量同样强大的雄海狗，它抢在大海狗前面，成功地抢到了另一只雌海狗，为自己的家增光添彩。

大海狗嫉妒地吼叫着，在自己领地右边的边界线上巡视，它想要开辟更多属于自己的地盘。就在这时，它往后一瞥，发现它左边的邻居正跑过来偷自己的"新娘子"，情况危急，它暂时放弃了开疆拓土的计划。雌海狗对于变换配偶往往漠不关心，也不会觉得多么难为情，那只雌海狗对大海狗不见得有多忠诚，正想跟着大海狗的邻居跑。大海狗怒气冲冲地飞奔过来，拖住雌海狗，把它挡在身后，然后张牙舞爪地准备向对手开战。这个企图偷"新娘子"的邻居以前和大海狗抢过地盘，早就领略过大海狗的勇敢和凶悍，它很知趣地乖乖退回了自己的领地。

这时候，已经有大批雌海狗到达海岸，每一只雄海狗都能找到配偶，不用去抢人家的"新娘子"。在接下来的两天里，聪明机灵、不知疲倦的大海狗成功抢到了大约30只雌海狗，并把它们带回自己的地盘。这些雌海狗在岩石上挤作一团，顺从地待在大海狗身后，用一种崇拜的眼神看着它。雌海狗们不会因为嫉妒产生矛盾，它们甚至都会为自己成为被大海狗守护的一员而感到骄傲，因为同伴数量越多，越证明它们的配偶战斗力强。在大海狗忙于帮助更多雌海狗上岸的时候，它抢到的雌海狗有两只离开了它，它们受到一条年轻雄海狗的诱惑，跟着年轻海狗去了别的地方。

总的来说，大海狗在爱情方面是个老练的高手，能够使绝大多数雌海狗信任、依赖它，雌海狗在上岸前曾经被大海狗在脖子上咬了一口，也许那一口对它们有着某种特殊意义，让它们无法忘记。

灵犀一点

大海狗凭着勇敢和机智，抢占了 30 只雌海狗做配偶。人类社会中，配偶之间应该互相专一、忠诚；但在动物世界中，雄性动物占有的配偶越多，越能证明它的强大。

第五章　守卫家人

大海狗还是会受到一些骚扰，有一些彪悍的入侵者，它们随时准备将雌海狗和海狗宝宝一起抢走……

接下来的几天，那些姗姗来迟的雌海狗陆续上岸，雄海狗们一直没停止抢夺配偶的争斗。在抢夺雌海狗的战斗中大海狗从来胜多负少，现在它身边已经有了40多个配偶。不过，大海狗志向远大，40多个配偶也不觉得多。

在这个海岛上，大海狗成了配偶最多的海狗，它也因此成为众矢之的，周围的雄海狗不时会来骚扰它，用各种方式抢夺它的配偶。大海狗时刻警惕着，连眯着眼睡一会儿的时间都没有了，甚至吃饭对它来说也是一种奢望，它已经很久没好好吃过一顿饭，几乎都忘记了鱼的味道。大

海狗的那些配偶，随时都可能被陌生的雄海狗带走，有的
凭力气逼迫雌海狗跟它走，有的用更狡猾的手段诱惑它们
离开大海狗。

　　大海狗要保证雌海狗都留在领地，一个都不能少，这
是一件很费力的事情，它一直机警地看护着挤作一团的雌
海狗。

　　如果有任何一只雌海狗感觉大海狗并没有关注它，想
悄悄溜走去约会另一只雄海狗，它会很快发现难以如愿，
大海狗会出其不意地冲过来咬住它的脖子，猛地把它推回
到雌海狗队伍中，让它陷入绝望的忏悔中。一些迟到的年
轻雄海狗因为没有配偶而铤而走险，擅自闯入大海狗的领
地，鼓起勇气向它发起挑战。对于这些迁徙中落在队伍后

面、毫无经验的年轻雄海狗来说，大海狗太强大了，这样的小冲突一般很快就能见分晓。

过了一些日子，可爱的海狗宝宝出生了。随着海狗宝宝数量的不断增加，"一家之主"要处理的麻烦事儿反倒少了一些，生了宝宝的雌海狗一般不会主动离开大海狗了。年轻的海狗妈妈可以光明正大地离开大海狗去捕鱼，这样才能保证有充足的奶水喂养海狗宝宝。大海狗也不会担心，它知道海狗妈妈会回来的，它们不会狠心扔下自己的宝宝。当然，大海狗还是会受到一些骚扰，有一些彪悍的入侵者，它们随时准备将雌海狗和海狗宝宝一起抢走。大海狗还是要时刻保持警惕，守护着它那 40 多个配偶和它们的宝宝，时刻准备击败那些入侵的敌人。

作为"一家之主"的大海狗，生活真的很累，现在它再也不是那条油光发亮、英姿勃发的海狗了，只剩下瘦弱的骨架，还有一身象征光荣但看起来很丑陋的伤疤。尽管屡遭骚扰，大海狗依然饱含热情，机智与勇敢不减当初，它昼夜守卫着家人，凡是向它发起挑战的对手都后悔不已。

灵犀一点

　　大海狗非常有责任心，为了守卫它的配偶和幼息，时刻保持警惕。我们要从小培养责任心，努力做好自己该做的事，在集体中勇于承担责任。

第六章　与人类的战斗

　　观察者闪身躲过大海狗的又一次攻击，抡起木棍重重
地打在它的鼻子上，鼻子正是海狗最脆弱的部位……

　　有一天，岛上来了一群人，即使"一家之主"无比强
大，也无法战胜他们。好在这是一群合法的猎人，不是肆
无忌惮的屠杀者，他们来到海狗繁殖的地方，小心翼翼地
进行捕猎。猎人们不会侵犯年长的雄海狗和海狗宝宝，尽
管这些雄海狗不停地狂叫着向他们发出挑衅。猎人们要捕
的是年轻的雄海狗，他们带着猎枪冲到年轻的雄海狗群
中，肆无忌惮地射杀，造成了可怕的混乱局面，原本无忧
无虑的乐园瞬间满是鲜血和尸体。猎人们还比较理智，放
过了一部分皮毛油亮个头较小的海狗，它们以后可以繁衍
后代，使海狗不至于灭绝。只有这样，猎人们以后才有猎

物可捕。

捕猎者队伍中有一个细心的观察者，他来到此地不是为了猎杀海狗而是观察动物。这个人憎恶猎杀动物，当他目睹了猎杀海狗的整个过程，生气地皱紧了眉头，鼻子不时愤怒地哼一声。他用照相机拍下照片，观察海狗们在被捕杀时有什么反应，探究它们是否懂得组织起来防御或者逃跑。他完全忽略了海狗们凶恶的吼叫声，也不顾及自身的安全，只管在猎人和海狗之间穿行。每走几步，他就停下来，摆好照相机镜头，按下快门，捕捉那些他认为有价值的画面。

观察者来到一块大岩石旁边，也就是大海狗的地盘，大海狗正守护着它的 40 多只雌海狗和海狗宝宝。这个庞大的家庭，这个强悍的"一家之主"吸引了观察者的眼球。观察者认为，这个大家庭的确值得好好研究，并记录下来。于是，观察者决定独自进入这个拥挤的大家庭。他没注意避开后面愤怒的大海狗，无所畏惧地走向温顺的雌海狗和海狗宝宝，这些家伙睁着圆溜溜的眼睛，很容易信任别人。观察者目睹那么多海狗轻而易举地被杀害，因此低估了大海狗的胆识和勇气。观察者忽视了大海狗严厉的警告，弯下腰抚摸一只海狗宝宝。小家伙流露出可爱而温顺的表情，毫无恐惧地望着他。

　　大海狗也对观察者产生了误解，把他当成一名猎杀海狗的猎人。当观察者抚摸海狗宝宝的时候，大海狗认为观察者要对它的宝宝下杀手，它不假思索，勇猛地冲向观察者。在这紧要关头，观察者刚好抬起头，看到大海狗奋不顾身地冲过来，他急忙跳到一边，照相机也掉到地上，不过倒是躲开了大海狗致命的攻击。观察者吓得魂飞魄散，紧接着又慌乱地跳了一下，竟然落到了一只雌海狗背上。幸运的是，照相机没有被大海狗踩碎。观察者摇了摇头，努力让自己保持镇静，准备迎接大海狗的下一次攻击。观察者唯一的武器是他的拐杖——那根骨节很多的木棍，现在他只能用它做武器去抵挡进攻。观察者闪身躲过大海狗的又一次攻击，抡起木棍重重地打在它的鼻子上，鼻子正是海狗最脆弱的部位，这位"一家之主"像被刺破的轮胎一样，软软地倒了下去。

观察者看着倒在地上的大海狗，心里很内疚，他捡起照相机，轻轻拍了拍不愿意给他让路的海狗宝宝，然后离开了。走出一段距离后，观察者又回头看了看，让他高兴的是，他那一棍并没有自己担心的那样严重，大海狗慢慢地苏醒过来，抬起无所畏惧的头，向四周查看了一番，确认自己的家庭成员是否有损失。尽管大海狗受了重创，再有捕猎者入侵他的领地时，它还是毫不畏惧地大声吼叫，随时准备投入战斗。几天后，猎人们带着捕获的海狗满意地离开了小岛，大海狗认为是自己赶跑了他们，现在已经没有谁能跟它一争高下，它觉得自己是岛上最英勇的"一家之主"。

海狗宝宝渐渐长大，6 个星期后，它们已经学会了游泳和捕猎。作为"一家之主"的大海狗不用时时刻刻担心其他雄海狗来抢夺它的家人了，这时候它想起了另一种已经持续很久的痛苦，这种痛苦是肚子里缺乏食物带来的。大海狗和它的竞争对手们都突然意识到，它们已经尽到了自己的责任，已经没有必要再付出高昂的代价守护雌海狗和海狗宝宝了。雄海狗们甚至不约而同地想到，明年它们还可能群集到一起，在大海中穿过狂风巨浪再进行一次有意思的迁徙。大海狗和它的同类们忘记了彼此之间强烈的分歧和仇恨，纷纷一头扎进水里，开始贪婪地捕鱼吃。

又过了几天，大海狗和其他雄海狗在大海中再次启程，一起掉头向南方游去。岛上只剩下一片片坚硬、荒凉的岩石，在即将到来的北极之夜，再次迎接暴风雪和严寒的洗礼。

灵犀一点

海狗们遭到了猎人的捕杀，尽管猎人所进行的是合法捕猎，但捕杀行动对于海狗来说可谓一场巨大灾难。人类要像对待朋友一样对待野生动物。保护好野生动物，也是建设生态文明的重要内容。

山中无野兔

第一章　混乱缘何起

食肉动物们意识不到这一点，但这种影响如此强烈，几乎波及所有动物，甚至也影响到了人类……

在加拿大北部山区的荒原地带，现在正是食肉动物们缺乏食物的季节，它们之间进行着史无前例的残酷争斗。这一年来，动物之间的各种休战惯例都被打破了，它们不再遵循以前的规则，本来是敌人的打得更凶，本来可以井水不犯河水的两种动物之间，也可能进行生死搏斗。动物们觉得，已经不存在所谓安全地带，无时无刻都可能遭遇伏击，必须时刻保持高度警惕。

因为这一年荒原上缺少兔子。兔子可能是感染了瘟疫，大量死亡，或者是受到某种力量的无情驱逐，一群群兔子神秘地消失了。兔子是荒原生态最好的调节者，也是和平的最佳守护者，山中无野兔，荒原上一片混乱。

兔子繁殖速度快，为猎食者提供了足够的食物，猎食者能吃饱肚子就不用互相残杀。为了不引起麻烦，猎食者之间不愿时常见面，它们尽量不去侵入其他猎食者的领地，以免被怀疑侵占别人的地盘，从而避开很多危险。除了一些雄性动物之外，很少有野生动物在交配季节相互打斗，或者是参与到争斗当中。雌性动物为了保护幼崽，才会与对手搏斗。一次代价太高的胜利几乎和失败一样糟糕，因为战斗力被削弱，在碰到下一个敌人的时候，很可能就成了牺牲品。

体形较大的动物往往会做一些符号标记，这些标记关系到自己无助的幼崽们，相当于向对手出示的停战协定。野兽们这么做不是出于善意，而只是出于谨慎和保护自己幼崽的考虑。即使是身体虚弱的敌人也会对幼崽造成致命的威胁，即使身强力壮的敌人也害怕不计一切代价的复仇，因此势均力敌的对手一般不互相伤害幼崽。如果互相偷袭对方幼崽所在的洞穴，这种偷袭会遭到报复，带来的危险远远大于所获得的利益。兔子们消失后，这个规则也被彻底改变了，猎食者使出了一切手段，只要能获取食物，度过眼前的饥荒，它们往往不计后果。

野兔个子小、胆子小，看到天敌就知道拼命逃跑，正

是这些不起眼的小动物们对荒原产生了巨大的影响。

食肉动物们意识不到这一点，但这种影响如此强烈，几乎波及所有动物，甚至也影响到了人类。比如狐狸和野猫会侵入人类的居所，骚扰鸡窝和畜棚。一些食草动物，比如赤鹿、北美驯鹿、体形巨大的驼鹿，都无一例外地陷入慌乱之中。驼鹿和驯鹿不得不以前所未有的谨慎态度来守护自己的幼崽，一些身体强壮的鹿很快发现，它们曾经一直鄙视的敌人现在已经变得非常可怕。

在所有的野生动物中，可能只有熊受到的影响最小。它们对兔子这种灵巧的猎物一直没抱很大希望，熊要捕食到兔子，只能靠机缘巧合。熊只要能在森林中找到一些树根、水果、蘑菇、蚂蚁和蜂蜜之类的东西，就可以生存，不一定非要吃肉。如果熊真要吃肉，就会追捕鹿、山羊或者离群的小牛，它更喜欢这样大的捕猎活动。熊和兔子的关系很疏远，但在兔子离开后，它们也不得不加强防范。成年熊不敢离开自己的洞穴太远，它们一离开，就可能给大胆的猞猁、狐狸或者食鱼貂可乘之机，它们会溜进洞穴猎杀熊的幼崽。

也许猞猁承受的压力最大，猞猁主要的猎食对象就是兔子，和野猫比起来，猞猁的捕猎方式更为残酷，但它们害怕人类，更怕人类的一切捕猎工具。猞猁不敢跟着狐狸和野猫到人类的居住地寻找食物，而是留在原来生活的地方挨饿，或者捕捉危险的猎物。

灵犀一点

荒原上野兔的种群规模锐减，影响到很多动物的生活，甚至也影响到人类的生活。生态平衡是生物维持正常生长发育、生殖繁衍的根本条件，也是人类生存的基本条件，生态系统一旦失去平衡，会发生非常严重的连锁反应。

第二章　猞猁打败了熊

身体再强壮的猞猁也不是黑熊的对手，但妈妈为了保护自己的孩子，任何威胁都吓不倒它。猞猁与黑熊之间会发生什么呢？

在雪松沼泽的中央，有一座山势陡峭、怪石嶙峋的小山。小山的顶部呈圆形，一只聪明而有经验的猞猁把家安在山顶。这座小山矗立在一片碎石地上，山上生长着矮小的桦树和铁杉，山顶附近有个出口狭长的洞穴，这位凶悍的猞猁妈妈觉得幼崽在这里非常安全，就把这里当成了自己的家。

进入这个洞穴的通道都非常狭窄，崎岖不平，天敌进来后很难逃走，它们一般不敢冒险，但在这多灾多难的季节，猞猁妈妈必须时刻提防。猞猁妈妈有时也会冒险出去

捕猎，这么做也是情非得已。小猞猁活泼好动，在洞穴里
四处乱爬，很容易饥饿，饿了就发出像婴儿哭泣的声音。
为了保证孩子们有奶喝，猞猁妈妈必须外出捕食，先让自
己吃饱。很多野生动物妈妈是和配偶一起照顾幼崽，猞猁
妈妈可没这么幸运，它不得不靠自己的力量照顾幼崽，甚
至不敢让残忍的配偶知道它和幼崽的藏身处，因为在一些
特殊情况下，雄猞猁会吃掉幼崽。

　　除了交配的季节，一般情况下，猞猁妈妈和配偶很少
见面。现在为了抓捕力量强大、单独对付不了的猎物，它
们经常在一起。如果运气好的话，它们有时能抓到一只雄
鹿。吃饱后，它们会把剩下的食物拖到灌木丛里藏起来。
猞猁妈妈要赶回自己的洞穴照料幼崽，雄猞猁则偷偷地跟
着它。猞猁妈妈会突然转过身，愤怒地瞪着雄猞猁，雄猞
猁就吓得后退几步，一屁股坐在地上，舔自己沾满血迹的
嘴巴和脸，无辜地看着猞猁妈妈，装出一副愧疚和谦恭的
样子。精明的猞猁妈妈可不会那么容易受骗，它朝着雄猞
猁大声吼叫、咆哮，直到它跑得无影无踪。接下来，猞猁
妈妈变换一下方向，飞也似的赶回洞穴。

　　有一天，猞猁妈妈外出捕猎回来的路上，隐约有一种
不祥之感，可能因为这次它离开的时间比往常久了一些。
猞猁妈妈伸展四肢，在杂乱的碎石间飞快地奔跑。当它接

近自己的洞穴时，忽然闻到一股刺鼻的气味，它一扭头，看到一个红黄色的东西消失在灌木丛中。猞猁妈妈轻轻一跃，跳进灌木丛，它看到一只狐狸刚刚跳到一块石头上。猞猁妈妈痛苦地犹豫了一会儿，愤怒的它真想追上去，用锋利的爪子把狐狸撕成碎片。身为母亲的猞猁太牵挂孩子，它放弃了追赶狐狸，飞跑着冲到洞穴里，焦急地呼唤了两声。

让猞猁妈妈欣慰的是，幼崽们都在，毫发无损。它俯下身子，抚慰着幼崽，小猞猁轻轻地在妈妈身上拱来拱去，索要食物。猞猁妈妈暂时无法满足它们的需求，因为敌情尚未解除，猞猁妈妈匆匆舔了舔它们就出去了，幼崽们委屈地叫起来。

　　猞猁妈妈在洞穴周围转来转去，警惕地嗅了嗅，发现狐狸刚才只是到过离洞穴出口大概 3 米的地方。不过，猞猁妈妈还是忧心忡忡，也许敌人正在侦察地形，很快就能发现它和宝贝们的藏身之处。这个敌人让猞猁妈妈感到非常害怕，因为它比自己狡猾得多。猞猁妈妈现在既恐惧又担心，它搜遍了小山丘的每一个角落，每一处缝隙，除了能闻到狐狸留下来的一些气味，它一无所获。

　　然而，在山脚下，猞猁妈妈发现了另外一个入侵者。

　　一头黑熊正对着树根嗅来嗅去，这些树根生长在岩石缝隙的土壤里。黑熊出现在这里，完全没有恶意，它的心思不在小猞猁身上，但在焦急的猞猁妈妈眼中，黑熊这样嗅来嗅去，一定是在寻找它的幼崽们的藏身之处。

　　身体再强壮的猞猁也不是黑熊的对手，但妈妈为了保护自己的孩子，任何威胁都吓不倒它。猞猁妈妈张牙舞爪冲向黑熊，撕咬它的颈部。黑熊没有意识到危险降临，正全神贯注地在树根间寻找可吃的东西，突然遭到袭击，令它惊慌失措，发出像牛一样的叫声。黑熊用巨大的前爪去抓猞猁，希望把它扯过来撕碎，猞猁紧紧咬住黑熊的脖子狂乱地扭动，黑熊慌乱中抓伤了自己的肩膀，胡乱挥动前爪，还是抓不到猞猁，一不小心还摔倒了，黑熊连滚带爬地跑到了雪松中间。猞猁妈妈不肯放开黑熊，它用嘴咬，用爪子抓，直到身体被一根粗树枝扯住了，它才松开口，飞快地跑回洞穴中。

　　黑熊受伤的肩膀疼痛难忍，它抓挠着自己的肩膀，愤怒取代了恐惧，它转过身，气势汹汹地往回走，想要找到这个不知天高地厚的袭击者，把它撕成碎片。黑熊走了一会儿没见猞猁的影子，它又改变了主意，觉得寻找一只猞猁并不值得。猞猁是那样不可捉摸，即使找到了也未必能战胜它。于是，黑熊绕到小山的另一边，把一棵布满蚂蚁窝的枯树拍成碎片，发泄了自己的愤恨。

　　黑熊的伤口不深，很快就能痊愈。对于黑熊来说，被小个子的猞猁打败很丢脸，可也算不了什么大事儿，不久，它就会把这事丢到脑后了。

　　猞猁妈妈却没有忘记这件事，它的安全感已经荡然无存。猞猁妈妈总觉得狐狸和熊一直在觊觎它的小宝贝们，再也不敢离开洞穴半步。在洞穴附近捕猎，根本捕不到猎物，因为它凶狠的名声在外，没有动物傻到"送货上门"。猞猁妈妈能做的就是耐心地守在洞穴口，等待偶尔经过的山雀和木鼠，它的肚子越来越饿，宝贵的奶水也就越来越少，小家伙们现在每天都嗷嗷待哺。

灵犀一点

　　猞猁妈妈为了保护自己的幼崽不受伤害，打败了比自己强大很多的黑熊。母爱会产生强大的力量，甚至会创造奇迹。

第三章　貂狼偷袭

看到驼鹿去追赶黑熊，貂狼圆溜溜的眼睛忽然一亮，它悄无声息地从隐蔽处跳了下来……

貂狼和熊的恩怨暂时结束了，大约又过了三天，小山上来了一头巨大的母驼鹿。它来自远方，想要寻找一个既能隐避又可以安稳生活的地方。驼鹿在山脚下来回走动，丝毫没想到有只貂狼正躲在山顶附近的岩石缝中，死死地盯着它。石缝掩藏在灌木丛中，貂狼的身体黑乎乎的，表情冷酷，令人生畏。

这头驼鹿战斗力很强，它那巨大的前蹄能把貂狼踹飞，貂狼根本不敢找它的麻烦，但它想搞清楚这个吃树叶的大家伙到这里来干什么，说不定自己能有意外收获。貂狼舔了舔自己长满胡须的下巴，密切关注着驼鹿的一举一动。

黎明时分，在一块岩石脚下柔软的苔藓上，母驼鹿生下了一头四肢细长、瑟瑟发抖的幼崽，它立刻忘记了分娩的痛苦，不停地舔着浑身湿漉漉的小驼鹿。小驼鹿的皮毛终于变干了，黑亮而有光泽，驼鹿妈妈眼里充满柔情与爱意。太阳升起来，气温逐渐升高，出生不久的小驼鹿慢慢地站起来。

小驼鹿脑袋大大的，身体柔弱，关节处都是松软的，它的腿非常纤细，看起来好像支撑不住自己的身体。走了两三分钟，又摔倒在苔藓地上。有时候，小驼鹿干脆躺在苔藓地上，静静地看着四周，好像对这个世界并不感到好奇。这时候，驼鹿妈妈温柔地注视着它的小宝贝，开心极了，对它来说，森林生活中最美好的事情就是这样安静地看着自己的宝宝。

突然，一阵微弱的声音传来，驼鹿妈妈马上提高了警惕，因为这个声音可不像风掠过树叶发出的沙沙声。驼鹿妈妈迅速扭转头，发现在不远处的雪松林里，竟然有一头黑熊！黑熊正大口嚼着浅黄色的蘑菇。在驼鹿妈妈眼里，黑熊吃完蘑菇，马上就会来吃它的小驼鹿。想到这里，驼鹿妈妈大声吼叫着，不顾一切地冲向黑熊。

黑熊正在吃蘑菇，忽然看到驼鹿像黑旋风一样向它冲过来，惊恐万分。在熊的家族中，这头黑熊体形比一般的同类小一些，驼鹿妈妈却很硕大。对于这头黑熊来说，它可能觉得自己不够强大，就应该有不同的活法。这里的蘑菇不够吃，有太多的动物妈妈可能会袭击它，自己根本无法安稳地生活，黑熊决定立刻动身离开。黑熊打定主意后，行动非常迅速，它伸展四肢奋力向前跑，驼鹿妈妈紧追不舍。

猞猁一直躲在高处的岩石缝中，目不转睛地看着驼鹿对黑熊发起疯狂的进攻。看到驼鹿去追赶黑熊，猞猁圆溜溜的眼睛忽然一亮，它悄无声息地从隐蔽处跳了下来。猞猁很狡猾、老练，就连猎人也常常拿它没办法。趁着驼鹿妈妈去追赶黑熊，猞猁跑到了小驼鹿身边，它当然不希望小驼鹿发出任何动静。可怜的小驼鹿刚睁开双眼不久，还没好好地看一下这个世界，就遭到猞猁的暗算。猞猁一刻也不敢停留，从岩石上拖着小驼鹿就走，它一定要赶在驼鹿妈妈回来之前，把猎物弄到安全的地方。

这只猞猁体重约 18 公斤，与它的同伴相比，算得上相当强壮。猞猁妈妈意外地捕获了这头小驼鹿，自己就能很长一段时间内待在洞穴里，陪伴着幼崽们，度过最艰难、最无助的时期。这头小驼鹿对猞猁妈妈很重要，无论是谁都休想从它手中夺走。可对于猞猁来说，小驼鹿这样的一个猎物实在太大了，小驼鹿身体太柔软不好控制，长长的腿又容易碰到岩石或者树枝上，尽管猞猁竭尽所能，它带着猎物攀上峭壁的过程仍然很困难，速度也非常慢。

驼鹿妈妈追出一段路后，意识到自己的行为并不明智，即使追上了黑熊自己也未必是它的对手，再说小驼鹿可能随时会遇到危险。驼鹿停下来，愤怒地吼叫了一阵，看着黑熊越跑越远，它转身往回跑，它要尽快回到小驼鹿身边。驼鹿妈妈摇晃着身子一路飞跑返回来，想不到会有任何不幸的事情发生，它甚至还在为击退了强敌而扬扬得意。

驼鹿妈妈很快就发现小驼鹿不见了，它立刻向前大跨一步，睁大眼睛扫过岩石周围的地方，还是不见小驼鹿的踪影。接下来，焦急的驼鹿妈妈突然抬起头，它终于明白发生了什么……

灵犀一点

猞猁趁着驼鹿追赶黑熊，偷袭了驼鹿的幼崽。驼鹿为自己的行为付出了代价。正如“螳螂捕蝉，黄雀在后”，目光短浅，就容易顾此失彼。

第四章　驼鹿复仇

岩石太陡峭了，驼鹿妈妈还是像第一次那样跌落下来，然后它再一次助跑，实现了又一次完美的跳跃……

猞猁正拖拉着小驼鹿爬上高高的岩石，驼鹿妈妈疯狂地向猞猁冲去。猞猁紧张极了，赶紧跳起来，躲避驼鹿妈妈的攻击。

猞猁此时所在的这块岩石非常陡峭，任何驼鹿都不可能跳上去，但这个驼鹿妈妈几乎要疯了，它拼命往上跳，尽力伸展自己的前肢，去够幼崽身边的岩石。猞猁吓坏了，它松开小驼鹿，惊叫着倒退了几步。当看到驼鹿妈妈跳不上来，暂时伤不到自己时，它又自信地冲上去，轻蔑地一口咬住小驼鹿的脖子。

驼鹿妈妈没有跳上岩石，重重地摔了下来，一屁股坐

213

在地上。驼鹿妈妈对这一打击毫不在乎，它不顾疼痛，马上站起来，后退几步，再次冲向岩石。不过这一次，它的步子跨得不如刚才大，猞猁向下看了一眼，一点儿也不担心会有什么危险。其实，猞猁判断错了，聪明的驼鹿妈妈是它罕见的敌手。年复一年，驼鹿们为了生存和捕猎，在森林里身经百战，练就了一身过硬的本领，因此驼鹿妈妈知道如何充分发挥自己的能力。驼鹿妈妈向前跨一小步，只是为了看看小驼鹿的状况，当它发现自己的小宝贝已经没有气息了，无法挽救了，现在唯一能做的就是报仇。驼鹿妈妈按照自己的想法再次发动进攻，它夹紧瘦削的双腿，用尽全力往上跳。猞猁认为驼鹿妈妈根本跳不上来，它固执地咬着小驼鹿，也不躲闪，两只耳朵耷拉着，一脸不屑。猞猁打算拖着小驼鹿继续跑，可驼鹿妈妈巨大的前蹄已经飞过来，重重地踢在了它的脑袋上。猞猁的脑袋被重创，无力地垂在肩膀上，它绷紧的身体突然间放松了，向前一滑，倒在猎物身上。

岩石太陡峭了，驼鹿妈妈还是像第一次那样跌落下来，然后它再一次助跑，实现了又一次完美的跳跃。它高高跃起，用前蹄把小驼鹿和猞猁的尸体都推到了地上。获胜的驼鹿一脸悲伤和愤怒，用前蹄在猞猁的尸体上狠狠地踩了几脚。然后，驼鹿妈妈用鼻子温柔地嗅着它的幼崽，沙哑的嗓子不停地发出悲伤的呜咽声。

驼鹿妈妈低垂着头，静静地站了几个小时，一直到太阳落山，整个森林都沉浸在夜色中。一轮皎洁的明月升起来，月光照着岩石和树林，也照到了这残忍的一幕。驼鹿妈妈呆呆地望着岩石上树枝的影子，好像终于接受了这个无法挽回的事实，决定振作起来。它仰起黑黑的大脑袋，张大鼻孔呼吸着夜间寒冷的空气，然后悄无声息地消失在雪松树林里。

大约两个小时后，正在树林里游荡的黑熊看见了驼鹿，驼鹿并没有发现它。驼鹿在树林里心不在焉地默默前行，它垂头丧气的样子让黑熊深感困惑，于是，黑熊回到山丘寻找答案，这个答案令它大喜过望。黑熊对着猞猁的残骸轻蔑地叫了一声，然后便安心地享用小驼鹿的肉。熊坐在地上，边吃边开心地想：我才是所有荒原居民中最有口福的！黑熊无法对这件事进行更深刻的思考，但自然界确实对它很慷慨，不过，对那些猞猁幼崽却很残酷。

此时，猞猁幼崽还待在洞穴里，饥饿让它们失去了警惕，都不停地叫着。猞猁妈妈已经回不来了，小家伙只能一步步走向死亡，叫声让死亡来得更迅速。一只狐狸在黑影中游荡，到处寻找食物，它觉得被月光照亮的岩石那里不同寻常，想了解一下出了什么新状况。

215

　　狐狸透过灌木丛看见了正在享用美食的熊，它立刻明白了一切。这里刚才发生过一场大战，狐狸琢磨着，自己能从中得到点什么呢？这时候，它隐约听到了小猞猁的哭叫声，对狐狸来说，辨别出小猞猁的声音并非难事。狐狸谨慎地观察了一下四周，又特意看了看猞猁的残骸，然后按照声音传来的方向，很快就进了猞猁的洞穴。小猞猁们虽然幼小无力，但天性勇敢，一边大声哭叫着，一边用小爪子抓狐狸。小猞猁们发出的哭叫声很快停止了，狐狸做事干净利落，它没有玩弄或者折磨这些小猞猁，而是立即杀死了它们。

　　狐狸饿极了，它本可以先美美地吃上一顿，可一想到洞穴中还有饥饿的妻子和孩子们，它片刻都不停留，赶紧叼着小猞猁向自己的洞穴跑去。

灵犀一点

　　面对杀害小驼鹿的凶手猞猁，驼鹿妈妈怒不可遏，它奋勇战斗，最终杀了猞猁，为自己的幼崽报了仇。世上没有无缘无故的爱，也没有无缘无故的恨。希望世界永远充满爱的阳光。

第五章　兔子回来了

一个空气清新的早晨，一只雄兔蹦跳着来到桦树下，发现了那一堆白骨。它心惊胆战，赶紧向后跳了两步……

现在，小山丘不再是凶悍的猞猁妈妈的领地，森林里其他小动物开始小心谨慎地走上来觅食。当然，它们都不敢待很久，因为它们知道，山顶的洞穴说不定什么时候又会吸引某个危险的天敌住进来。

黑熊走后，猞猁和小驼鹿的尸骨上还剩下一点肉，不久，也被其他动物啃得干干净净。这个岩石陡峭的地方本来就很荒凉，动物们也就把这个地方遗忘了，只有山雀和啄木鸟会偶尔飞过来。

夏天终于过去了，当金秋的阳光开始洒落荒原的时候，长耳朵大眼睛的兔子们又出现在原野上。天敌少了，兔子的数量以惊人的速度增加，好像整个荒原都是它们的天下。兔子们用灵敏的鼻子警觉地嗅着空气中的气息，毛茸茸的白尾巴常常搭在黄褐色的蕨类植物上，它们在荒原上蹦蹦跳跳，吃草、嬉戏，一发现天敌的动静就拼命逃跑。兔子们不喜欢长着雪松的沼泽地，因为到处是湿漉漉的苔藓和半隐蔽的池塘，只有一些具有冒险精神的兔子才会在这里漫步。

秋色越来越浓，小山丘灰白的岩石间，那些桦树已变得金黄。一个空气清新的早晨，一只雄兔蹦跳着来到桦树下，发现了那一堆白骨。它心惊胆战，赶紧向后跳了两步，慌忙躲到附近的灌木丛里。雄兔发现那堆白骨不会移动，才觉得安心了一些，而且周围也没有其他天敌。它又盯着白骨看了好一会儿，最终确定这堆白骨没有危险。

雄兔从灌木丛里跑出来，怀着一种强烈的好奇心，在白骨旁跳来跳去，最后一屁股坐在旁边。它竖着两只长耳朵，呆呆地坐着，它想知道这堆白骨到底是怎么回事。雄兔怎么也想不到，这堆白骨背后的故事竟然跟自己种族的兴衰有关系。

灵犀一点

在自然界，各种动物之间形成了相互依赖、相互制约的关系，如果一种动物变少，可能会带来很多连锁反应。虽然大自然的自我调节能力很强，但是如果人类滥捕滥杀野生动物，就会破坏生态平衡，也会影响人类自己的生存环境。